百家經典

莎士比亞經典名句

莎士比亞　原典
林郁　主編

U0084460

莎士比亞作品一覽表

（年代是根據哈利地：莎士比亞指南）

Ⓐ 戲劇作品

1596	*A Midsummer Night's Dream* 『仲夏夜之夢』
	King John 『約翰王』
1597	*The Merchant of Venice* 『威尼斯商人』
	1 Henry IV 『亨利四世・（上）』
1598	*2 Henry IV* 『亨利四世・（下）』
	The Merry Wives of Windsor 『溫莎的風流婦人』
1599	*Henry V* 『亨利五世』
	Much Ado about Nothing 『無事生非』
1600	*As You Like It* 『皆大歡喜』
	Twelfth Night 『十二夜』
1601	*Julius Caesar* 『凱撒大帝』
	Hamlet 『哈姆雷特』
1602	*Troilus and Cressida* 『特洛伊羅斯與克瑞西達』
1603	*All's Well That Ends Well* 『終成眷屬』
	Measure for Measure 『惡有惡報』
1604	*Othello* 『奧賽羅』
1605	*Timon of Athens* 『雅典的泰門』
1606	*King Lear* 『李爾王』
	Macbeth 『馬克白』
1607	*Antony and Cleopatra* 『安東尼與克麗奧佩特拉』

1608 • *Coriolanus*『科利奧蘭納斯』

1608 • *Pericles*『波里克利斯』

1609 • *Cymbeline*『辛白林』

1610 • *The Winter's Tale*『冬天的故事』

1611 • *The Tempest*『暴風雨』

1612 • *Henry VIII*『亨利八世』

B 詩集

1592~3 • *Venus and Adonis*『維納斯與阿多尼斯』

1592~8 • *Sonnets*『十四行詩集』

1593~4 • *The Rape of Lucrece*『魯克麗絲受辱記』

跨越時空的璀璨
世界最偉大的文字魔法師

莎士比亞經典名句

Shakespeares

1

She's beautiful; and therefore to be woo'd:

She is a woman; therefore to be won.

她既是美如天仙，就該向她求愛。

她既是個女人，就可以將她勸服。

（亨利六世（上），5. 3. 78）

　　薩福克伯爵對著眼前的瑪格萊特郡主的自言自語。表現出男性的
觀點（見 15）。第一句用縮寫，第二句則不用，是因為押韻的緣
故。這二行都是抑揚五步格式的無韻詩，是莎士比亞愛用的詩型。以
下的詩型不一一加以說明。

2

Could I come near your beauty with my nails,

I'ld set up ten commandments in your face.

要是我能挨近你那美麗的臉龐，

我定要左右開弓，打你兩巴掌。

（亨利六世（中），1. 3. 145）

　　葛羅斯特公爵夫人艾麗娜對瑪格萊特王后所言。所謂「十誡」，

那是因手指有十根的緣故。

3

I charge and command that, of the city's cost, the pissing-conduit run nothing but claret wine this first year of our reign.

我在此慎重地發佈命令，在我所統治的頭一年裏，那噴水池只准噴出上等的紅葡萄酒，紅酒費用由市政府負擔。

（亨利六世（中），4.6.4）

　　自稱是正當王位繼承者的傑克凱德，反叛占領了倫敦時所言。自噴水池噴出紅葡萄酒的想法蠻有趣的。因其出身低微，所以所說的話不是無韻詩，而是散文。而且，「我們的」是複數的「王者」，十分有趣。

4

O tiger's heart wrapp'd in a woman's hide!

噢！藏於女人外表下的虎心。

（亨利六世（下），1.4.137）

　　約克公爵對瑪格萊特王后所言。大學才子葛林評莎士比亞具有「藏於伶人外表下的虎心」因而使這句話立名於世。

5

You have no children, butchers; if you had,

The thought of them would have stirr'd up remorse.

你們這群絕子絕孫的劊子手，你們自己若有兒女，

只要一想起他們，定會感到悲憤的！

（亨利六世（下），5. 5. 63）

瑪格萊特王后對殺死其子愛德華的約克三兄弟所言。（ 343 ）

6

Now is the winter of our discontent

Made glorious summer by this sun of York.

現在我們所隱忍難堪的嚴冬，

已被這約克的太陽照耀成輝煌燦爛的夏天。

（理查三世，1. 1. 1）

這齣戲開頭，葛羅斯特（以後的理查三世）的第一句話。玫瑰戰爭使得蘭卡斯特家族沒落，成為約克家族的天下。"sun"與"son"的意思相通，意指布朗德傑奈特（約克公爵）的兒子愛德華四世而言，同時「太陽」也是約克家族的家徽。這類於戲劇開頭主角的獨白，在莎

士比亞的作品中很少見。「他站在向陽處指著太陽，看著自己的影子，這樣地自言自語著。」

7

Since I cannot prove a lover,

To entertain these fair well-spoken days,

I am determined to prove a villain.

既然我不能成為一介風流男子，

愉悅地生活在這巧言令色的時代裏，

我已打定主意以惡棍自許。

（理查三世，1.1. 28）

　　外表生來畸形的葛羅斯特的「惡棍宣言」。

8

Teach not thy lip such scorn, for it was made

For kissing, lady, not for such contempt.

別那樣噘起輕慢的朱唇！

夫人它不是為侮蔑而生，而是為親吻而生。

（理查三世，1.2.172）

　　葛羅斯特殺了安夫人的丈夫及義父，又強行向安夫人求婚的台詞。安夫人雖痛斥責罵，但後來態度卻漸漸緩和下來。

9

Was ever woman in this humour woo'd ?

Was ever woman in this humour won?

哪有一個女子是這樣讓人求愛的？

哪有一個女子是這樣讓人追到手的？

（理查三世，1.2.229）

　　葛羅斯特一味地「你很美麗」的讚美話語，終究說動了安夫人。"woo" d' 和 "won" 這類說法，在當時十分流行。（見1，15）

10

So wise so young, they say, do never live long.

人們說，才華早發斷難長命。

（理查三世，3.1.79）

葛羅斯特就有關於愛德華王子之所言。

11

I saw good strawberries in your garden there.

我曾看見你的花園裏有很好的草莓。

（理查三世，3. 4. 34）

進行重要會議之時，葛羅斯特突然向伊里主教說的話。

12

Stir with the lark to-morrow, gentle Norfolk.

明天和百靈鳥同時起身，好諾福克。

（理查三世，5. 3. 56）

於波士委決戰前夕，理查對其心腹諾福克所言。浪漫派詩人濟慈曾為名伶金在說這句台詞時，所散發出無法言喻地生動而富生命力的氣息所迷。

13

Our strong arms be our conscience, swords our law!

鋼筋鐵骨是我們的良心，刀劍是我們的法律！

（理查三世，5. 3. 311）

理查所言。令人覺得勇氣栩栩如生。

14

A horse, a horse! my kingdom for a horse!

一匹馬、一匹馬，我的王位換一匹馬！

（理查三世，5. 4. 7）

戰場中，走失馬兒的理查的叫聲。付出那麼多的犧牲所獲得的王國竟只值一匹馬的諷刺語。喬伊斯的「尤利西斯」中，也有所謂「我的王位換一杯酒」的諷刺詩文。

15

She is a woman, therefore may be woo'd ;

She is a woman, therefore may be won.

她是個女人，所以可以向她調情。

她是個女人，所以可以把她勾搭上手。

（泰特斯安特洛尼克斯，2. 1. 82）

狄米特律斯就泰特斯之女拉維妮亞之事所說的話。（見 1）

16

When will this fearful slumber have an end?

這可怕的夢魘何時才能結束？

（泰特斯安特洛尼克斯，3. 1. 253）

　　二個兒子被殺，而女兒又受盡折磨、虐待的泰特斯的悲嘆。他覺得有如惡夢一般。

17

Look, how the black slave smiles upon the father,

As who should say, 'Old lad, I am thine own'.

瞧！這小黑奴向他父親笑得多麼迷人，

他像是在說，「爸爸，我是你的親兒子喔！」

（泰特斯安特洛尼克斯，4. 2. 120）

　　摩爾人艾倫抱起他和愛人塔摩拉王妃所生的黑寶寶，他輕蔑地對威脅說要殺害小寶寶的塔摩拉前夫之二子所說的話。聽到這裏，不禁為惡棍艾倫喝采。

18

The eagle suffers little birds to sing.

鷹隼放任小鳥們歌吟。

（泰特斯安特洛尼克斯，4. 4. 83）

受了不合理待遇的路歇斯率領著歌德軍隊攻來，塔摩拉王妃對驚愕不已的羅馬皇帝撒特尼納斯叱喝：做皇帝就要像個皇帝的樣子，堅決一點！

19

Though little fire grows great with little wind,
Yet extreme gusts will blow out fire and all.

雖然星星之火會被微風吹成烈焰，
可是一陣極度颳起的颶風卻可以把火吹熄。

（馴悍記，2. 1. 135）

彼德魯喬所言，潑婦凱瑟麗娜的烈火會因颶風而熄滅。

20

Say that she rail; why then I'll tell her plain

She sings as sweetly as a nightingale:

Say that she frown; I'll say she looks as clear

As morning roses newly wash'd with dew:

Say she be mute and will not speak a word;

Then I'll commend her volubility,

And say she uttereth piercing eloquence.

她要是罵我，我就說她唱的有如夜鶯般美妙。她要是瞪眼看
我，我就說她有如朝露中的玫瑰般清麗。要是她沈默地一句
話也不說，我就讚美她口才流利。

（馴悍記，2. 1. 171）

以上是彼德魯喬對付潑婦的策略，這就是不正面衝突的戰術。

21

Thou liest, thou thread, thou thimble,

Thou yard, three-quarters, half-yard, quarter, nail !

Thou flea, thou nit, thou winter-cricket thou!

喝！大膽的奴才！你胡說，你這拈針弄線的傢伙，你這個長
得和長碼尺、中碼尺、短碼尺一樣的混蛋。你這個跳蚤、你

這個蟲卵、你這個冬天的蟋蟀！

（馴悍記，4. 3. 106）

　　彼德魯喬責罵服裝加工店的裁縫。此為莎士比亞拿手的連珠砲似地惡語連篇。

22

Thy husband is thy lord, thy life, thy keeper,

Thy head, thy sovereign.

你的丈夫就是你的主人，你的生命，你的保護者，

你的頭腦，你的君主。

（馴悍記，5. 2. 146）

　　完全被馴服的潑婦凱瑟麗娜訓戒不聽丈夫之言的寡婦。

23

Home-keeping youth have ever homely wits.

總是守在家裡的年輕人，才智必然平庸。

（維洛那二紳士，1. 1. 2）

將動身到海外去的凡倫丁所言。此句有「home」和「homely」
的俏皮語。

24

I have no other but a woman's reason:

I think him so, because I think him so.

除了女人的直覺以外，沒有任何的理由。

我認為他最好，因為我覺得他最好。

（維洛那二紳士，1. 2. 23）

　　女僕露西塔認為在來拜訪朱莉亞的年輕紳士中，普洛丟斯是最好
的，而朱莉亞問及「是什麼理由呢？」露西塔的回答。

25

Julia. They do not love that do not show their love.

Lucerta. O, they love least that let men know their love.

朱莉亞：戀愛中的人們，不會一無表示的。

露西塔：噢！越是誇耀他們的愛情的，他們的愛情愈是靠不
　　　　住。

（維洛那二紳士，1. 2. 31）

二個女人對愛情的看法。

26

Benvolio. In love?

Romeo. Out——

Benvolio. Of love?

班福留：墜入情網了嗎？

羅密歐：還在門外徘徊——

班福留：在愛情的門外？

（羅密歐與茱麗葉，1. 1. 171）

為得不到羅瑟琳的歡心而苦惱不已的羅密歐，和其友人班福留的對話。

27

It seems she hangs upon the cheek of night

As a rich jewel in an Ethiope's ear.

她就像黑奴耳邊璀璨的珠環，皎潔地懸掛在黑夜的頰上。

（羅密歐與茱麗葉，1.5.47）

　　羅密歐在舞會中初見茱麗葉時所說的話。新奇的表現方式。在哈彼頓的詩中亦有「當我眺望那綴滿璀璨寶石的夜空；夜色就像是個黑衣新娘。」

28

My only love sprung from my only hate!
Too early seen unknown, and known too late!
憎恨中燃起熊熊愛火！
若是不該相識，又何必相逢！

（羅密歐與茱麗葉，1.5.140）

　　茱麗葉對羅密歐一見鍾情，又知他是世仇蒙太古家族的人時所說的話。"too early"、"unknocon"、"known"、"too late" 的順序是交錯排列的語法型式。又"hate"及"late"押韻。

29

What light through yonder window breaks?
It is the east, and Juliet is the sun.

那窗子照射進來的是什麼光？

那就是東方，茱麗葉就是太陽。

（羅密歐與茱麗葉，2.2.2）

　　羅密歐溜進凱普萊特家的花園，見到茱麗葉自二樓的窗口中出現時，脫口而出的讚歎。

30

O Romeo, Romeo! wherefore art thou Romeo?

噢！羅密歐啊！羅密歐！為什麼你偏偏是羅密歐呢？

（羅密歐與茱麗葉，2.2.33）

　　茱麗葉感嘆所愛之人是名叫羅密歐的蒙太古家族之人。

31

What's in a name? that which we call a rose

By any other name would smell as sweet.

姓名本來是沒有意義的，我們叫它做玫瑰的這一種花，

要是換了個名字，它的香味還是同樣地芬芳。

（羅密歐與茱麗葉，2.2.43）

茱麗葉希望羅密歐拋棄他的名字（即他的家族）。

32

I am no pilot; yet, wert thou as far

As that vast shore wash'd with the farthest sea,

I would adventure for such merchandise.

我不會操舟掌舵（or 操槳駕舟），可是假若你在遙遠的海角之濱，我也會冒著風險尋訪你這顆珍寶。

（羅密歐與茱麗葉，2. 2. 82）

羅密歐對茱麗葉的愛的誓言。

33

My bounty is as boundless as the sea,

My love as deep; the more I give to thee,

The more I have, for both are infinite.

我的慷慨像海一樣浩瀚，我的愛情也像海一樣深。我給你的越多，我的愛也越多，因為這兩者都是無窮盡的。

（羅密歐與茱麗葉，2. 2. 133）

茱麗葉的愛情宣言。"bounty"和"boundless"的頭韻及"sea"和"thee"的韻腳稍微留意一下。（32）接續對海的感覺。又在羅密歐飲下毒藥時，亦有海的冥想。（見 45）

34

Love goes toward love as schoolboys from their books,

But love from love, toward school with heavy looks.

戀愛的人去赴他情人的約會時，像一個放學歸來的兒童；

可是當他和情人離別時，卻像去上學時那樣地滿臉懊喪。

（羅密歐與茱麗葉, 2. 2. 157）

羅密歐所言。"books"和"looks"押韻。「皆大歡喜」中，憂鬱的哲學家杰奎斯所主張的「人生劇場」七幕論的第二幕亦有「那愛哭的小孩……像蝸牛般慢吞吞地亦心不甘情不願地去上學」的句子。

35

Romeo. I would I were thy bird.

Juliet. Sweet, so would I, Yet I should kill thee with much
 cherishing.

羅密歐：但願我是你的鳥兒。

茱麗葉：我也但願是這樣；可是我怕你會死在我過分的愛撫之中。

（羅密歐與茱麗葉，2.2.183）

別離前這對戀人的對話。

36

Good night, good night! Parting is such sweet sorrow,

That I shall say good night till it be morrow.

晚安！晚安！離別是這樣甜蜜的悲淒，

我真想要向你道晚安直到天明！

（羅密歐與茱麗葉，2.2.185）

　接續茱麗葉上述（羅密歐與茱麗葉，2.2.185）的離別語。"sorrow"和"morrow"押韻。「甜蜜的悲淒」是為矛盾語法。

37

More than prince of cats, I can tell you. O, he is the courageous captain of complements, He fights as you sing prick-song, keeps

time, distance, and proportion; rests me his minim rest, one, two, and the third in your bosom: the very butcher of a silk button, a duellist, a duellist; a gentleman of the very first house, of the first and second cause: ah, the immortal passado! the punto reverso ! the hai!

我可以告訴你，他就像神話中的貓王提伯爾特 Tybert。他是個膽大心細、劍法高明的人。打起架來，就像照著樂譜學唱歌一樣，一板一眼都不放鬆，忽而停頓、忽而攻擊。似指定地幾個刺擊後，無誤地刺進胸膛，全然是個衣冠楚楚的屠夫，一個擊劍能手，出身名門的貴族，天子驕子。啊！那神乎其技的側擊，那反擊，致命的一擊！

（羅密歐與茱麗葉，2. 2. 19）

　　莫枯修評提伯爾特 Tybelt。和戀人們的無韻詩式的台詞相對比，提伯爾特之事是以散文來敘述。另外也有人解釋"complements"就等於是「才能」，"prick-song"是照著樂譜所唱的歌，"distance"則是「音的高低差」和「擊劍距離」兩種意義。"minim rest"是為 2 分休止符，"passado"是踏出單腳向對方攻擊的姿勢，而"punto reverso"則等於反手抽擊。

38

These violent delights have violent ends,

And in their triumph die, like fire and powder,

Which as they kiss consume.

這種狂暴的快樂伴隨而來的是狂暴的結局，

正如火和火藥一碰觸而點燃的瞬間，

在最得意的一剎那煙消雲散。

（羅密歐與茱麗葉，2. 6. 9）

　　見到羅密歐至死不渝的愛，勞倫斯神父加以訓誡。"kiss"這個詞用得蠻有趣的。前面的"violent"和後面的"violent"音調不同，以示有別。

39

Here's my fiddlestick, here's that shall make you dance.

這就是我提琴上的拉弓，一拉弓就要叫你跳起舞來。

（羅密歐與茱麗葉，3. 1. 51）

　　莫枯修向提伯爾特挑戰時的台詞。所謂提琴上的弓其意是指劍。所謂舞蹈是指劍術。

40

Romeo. Courage, man, the hurt cannot be much.

Mercutio. No, 'tis not so deep as a well, nor so wide as a church-door, but 'tis enough, 'twill serve. Ask for me to-morrow, and you shall find me a grave man.

羅密歐：放心吧！這傷口並不深。

莫枯修：是啊！它沒有一口井那樣深，也沒有教會的一扇門那麼寬，可是這一點傷也就夠要我的命了。你明天要是找我，就到墳墓裏來看吧！

（羅密歐與茱麗葉，3. 1. 101）

　　莫枯修因和提伯爾特決鬥而受了致命傷。"grave"為「墳墓」和「真實」之連結。即使在死亡之際，也不忘說些俏皮話挺有趣的。

41

Come, gentle night, come, loving, black-brow'd night,

Give me my Romeo; and, when he shall die,

Take him and cut him out in little stars,

And he will make the face of heaven so fine

That all the world will be in love with night

And pay no worship to the garish sun.

來吧！柔和的黑夜！來吧！可愛的黑顏之夜，把我的羅密歐給我！他若死了，你再把他帶去，分散成無數小星星，如此一來，羅密歐把天空裝飾得更加美麗，使全世界的人都戀著黑夜，而不再崇拜炫爛的太陽。

（羅密歐與茱麗葉，3.2.20）

茱麗葉焦急地等待羅密歐的到來。茱麗葉將羅密歐化成小星星的冥想蠻有趣的。

42

Hang up philosophy!

Unless philosophy can make a Juliet.

我不要聽那些該死的哲學！除非哲學能夠製造一個茱麗葉。

（羅密歐與茱麗葉，3.3.57）

羅密歐因殺害提伯爾特而被判放逐，無法見到茱麗葉而感到悲傷。勞倫斯神父以「用哲學的蜜乳安慰你的逆運」勸解羅密歐。莎士比亞在其全集之中，「哲學」這個字共用了 14 次，而「哲學家」亦

用了 12 次，但卻都是在陳述哲學的無力感。（見 110、164）

43

Wilt thou be gone? it is not yet near day.

It was the nightingale, and not the lark,

That pierc'd the fearful hollow of thine ear; Nightly she sings on

yond pomegranate tree.

Believe me, love, it was the nightingale.

你現在就要走了嗎？離天亮還有一會兒呢！那傳進你驚恐的
耳朵中的，不是雲雀，是夜鶯的聲音。它每晚都在那石榴樹
上歌唱。真的！愛人，那是夜鶯的歌聲。

（羅密歐與茱麗葉，3. 5. 1）

　　黎明之前離別時，茱麗葉所言。夜鶯、報曉的雲雀表示出時間。
石榴充分流露出異國情調。

44

It was the lark, the herald of the morn,

No nightingale. Look, love, what envious streaks

Do lace the severing clouds in yonder east.

Night's candles are burnt out, and jocund day
Stands tiptoe on the misty mountain tops.

那是報曉的雲雀，不是夜鶯。在東方天空中，不作美的晨曦
已經在雲縫鑲起了金邊，夜晚的燈火已燃盡，愉悅的清晨躡
手躡腳地踏上了迷霧的山巔。

（羅密歐與茱麗葉，3. 5. 6）

　　以上是羅密歐針對茱麗葉的話所作的回答。所謂「夜晚的燈火」
是指「星光」而言。

45

Come, bitter conduct, come, unsavory guide!
Thou desparate pilot, now at once run on
The dashing rocks thy sea-sick weary bark !

來吧！不愉悅的領航者，來吧！痛苦的嚮導！不畏死亡的舵
手，快把這已厭倦於海濤的舟船向那峻岩沖撞過去吧！

（羅密歐與茱麗葉，5. 3. 116）

　　羅密歐自殺之時。不愉悅的領航者以下均是指毒藥而言。船則是
指自己本身。留意其對海的冥想。（32、33）

46

Here's to my love! [*Drinks.*] O true apothecary!

Thy drugs are quick. Thus with a kiss I die. [*Dies.*

為了我所愛的人，我乾了這杯！啊！誠實的賣藥人，你的藥真有效！我就在這樣的一吻中死去。

（羅密歐與茱麗葉，5. 3. 119）

繼續上述。當時的發音來說，"apothecary"和"die"押韻。

47

O churl! drunk all, and left no friendly drop

To help me after? I will kiss thy lips;

Haply some poison yet doth hang on them,

To make me die with a restorative. [*Kisses him.*

Thy lips are warm.

唉！冤家！你全都喝乾了，不留下一滴給欲追隨你的我嗎？我要吻著你的唇，或許這上面還殘留著一些毒液，可讓我愉悅地死去，而再度重生。（茱麗葉吻羅密歐）你的嘴唇還是溫暖的。

（羅密歐與茱麗葉，5.3.163）

　　茱麗葉醒來，發現羅密歐已死。"warm"之後的停頓請稍注意。"restorative"是為起死回生之藥。

48

O happy dagger! [*Snatching Romeo's dagger.*
This is thy sheath [*Stabs herself*]; there rest, and let me die.
[*Falls on Romeo's body and dies.*

啊！好短劍哪！（握著羅密歐的匕首）這就是你的刀鞘，（以匕首自刺）讓我在此長眠而死吧！（撲倒在羅密中身上死去。）

（羅密歐與茱麗葉，5.3.169）

　　茱麗葉自殺身亡。亦有將"rest"寫成"rust"的版本。

49

O, who can hold a fire in his hand
By thinking on the frosty Caucasus?

啊！誰能靠著假想嚴寒的高加索山，而後用手去抓火。

莎士比亞經典名句

　　遭受理查王放逐的布靈布洛克對其父剛特所訓示他的：「問題是看你怎麼想」，表示不解。

50

O! call back yesterday, bid time return.

啊！請把昨天喚回！把時間逆轉！

（理查二世，3. 2. 69）

　　因布靈布洛克的緣故，使得理查王遭遇逆境，此為騷茲伯來伯爵對此事有感而發所言。

51

Superfluous branches

We lop away, that bearing boughs may live.

我們砍去多餘的樹枝，好讓結果實的樹枝生長。

（理查二世，3. 4. 63）

　　園丁認為理查王之所以會遭布靈布洛克捕獲，是因他怠忽修治國

莎士比亞經典名句

・034・

家的職責。在莎士比亞作品中，常見配角說些有學問的話。

52

Hermia. I would my father look'd but with my eyes.

Theseus. Rather your eyes must with his judgement look.

赫米婭：我真希望我的父親和我有同樣的看法。

忒修斯：你實在還是應該依從你父親的看法。

（仲夏之夜夢，1.1.56）

　　赫米婭討厭父親所為她選的狄米特律斯，而愛上拉山德。相對地，忒修斯卻擁護其父的立場。

53

The course of true love never did run smooth.

真摯的愛情，所走的道路永遠是崎嶇多阻的。

（仲夏之夜夢，1.1.134）

　　拉山德感嘆和赫米婭的愛情不為其父所認同。"did run"這樣寫是因押韻的關係。英國作家克莉絲蒂亦有「愛情之路順利美滿時，那是多麼美好！」的詞句。

54

So quick bright things come to confusion.

美好的事物總是那樣快速地毀滅。

（仲夏之夜夢，1. 1. 149）

接續上述，拉山德感嘆愛情的虛幻無常。

55

Love looks not with the eyes but with the mind.

愛情不是用眼睛，而是用心靈去看的。

（仲夏之夜夢，1. 1. 234）

海麗娜雖為拉山德所厭惡，但卻仍深愛著他。參照苔絲狄蒙娜的台詞。（見245）

56

I will aggravate my voice so that I will roar you as gently as any sucking dove; I will roar you an 'twere any nightingale.

我可以大聲些，嚷得像是乳鴿般那麼地溫柔；嚷得有如一隻夜鶯。

業餘戲劇中，被派扮演皮拉摩斯的波頓，亦想要演獅子的角色。"aggravate"是為"moderate"之誤。艱澀的詞語所造成的同點錯誤。溫柔的吼叫是為了不嚇唬到婦女們。"you"是所謂的"ethical dative"合乎道德的「心性與格」，（古語）"an twere"就等於「就如它是」。波頓又說"There is not a more fearful wild fowl than your lion living"（這隻獅子不會比野鳥更可怕）

57

Ill met by moonlight, proud Titania.

真不巧又在月光下碰見了你，驕傲的提泰妮婭。

夫妻吵架的仙后提泰妮婭和仙王奧布郎在森林中相遇。"Well met"（巧遇）是一般的說法；而"Ill met"（不巧碰見）的說法較為與眾不同。

58

Once I sat upon a promontory,

And heard a mermaid on a dolphin's back

Uttering such dulcet and harmonious breath

That the rude sea grew civil at her song

And certain stars shot madly from their spheres,

To hear the sea-maid's music.

我曾坐在一個海岬上，傾聽騎在海豚背上的美人魚歌唱，她的歌聲是這樣地婉轉而優美，狂暴的怒海也因而風平浪靜，好幾個星星為了聽這海女的歌聲，都瘋狂地退出天界。

（仲夏之夜夢，2. 1. 149）

　　奧布朗的台詞。給予人宏偉的感覺。

59

I'll put a girdle round about the earth

In forty minutes.

我可以在四十分鐘內環繞世界一週。

（仲夏之夜夢，2. 1. 175）

　　精靈帕克的台詞。和現代的太空梭合想，蠻有趣的。

60

What fools these mortals be!

人類真是傻啊！

（仲夏之夜夢，3. 2. 115）

　　帕克見了年輕人的戀愛遊戲後的感想。

61

The eye of man hath not heard, the ear of man hath not seen,
man's hand is not able to taste, his tongue to conceive, nor his
heart to report, what my dream was.

我那個夢啊！是人們的眼睛不曾聽到過的，人們的耳朵不曾
看見過的，人們的手也嘗不出是什麼味道的，而人們的舌頭
也想不出是什麼道理的，人們的心也說不出來那究竟是怎樣
的一個夢。

（仲夏之夜夢，4. 1. 216）

　　波頓自不可思議的夢中醒來。此為模仿聖經新約中哥林多前書裏
的「眼睛不曾見過，耳朵不曾聽過⋯⋯」。「用眼睛聞，用鼻子看」
是詼諧的說法。最終一齣的業餘戲劇中扮演皮拉摩斯的波頓常說「我

看見一種聲音」、「聽我的表情」。

62

The lunatic, the lover and the poet

Are of imagination all compact.

瘋子、情人和詩人全都是幻想的產兒。

（仲夏之夜夢，5.1.7）

忒修斯將瘋子、情人和詩人喻為同類，十分幽默。

63

The poet's eye, in a fine frenzy rolling,

Doth glance from heaven to earth, from earth to heaven:

And as imagination bodies forth

The forms of things unknown, the poet's pen

Turns them to shapes, and gives to airy nothing

A local habitation and a name.

詩人的眼睛在獲得靈感後狂熱地回轉中，便能從天看到地，

從地看上天，想像能將未知的事物用一種形式呈現出來，而

詩人的筆能再使它們成為有如實體的形象，空幻的虛物也會有居處和名字。

（仲夏之夜夢，5.1.12）

持續忒修斯上述的談話。見識莎士比亞的詩人觀。

64

Whereat, with blade, with bloody blameful blade,
He bravely broach'd his boiling bloody breast.

於是，拔出劍、拔出一把沾滿血的殘毒的劍，奮勇地對準自己那熱血燃燒沸騰的胸膛刺進去。

（仲夏之夜夢，5.1.147）

在工人們的業餘戲劇中，劇情解說員的台詞。皮拉摩斯以為愛人提斯柏已被殺害，因而自殺。連續的驚人的頭韻極為幽默。

65

Sweet, sweet, sweet poison for the age's tooth.
合於時代口味，甜上加甜的毒藥。

（約翰王，1.1.213）

　　以直言不諱而聞名於世的私生子菲力普，批評世人喜好阿諛奉承。"sweet"連續使用了三次，令人覺得趣味。

66

Here I and sorrows sit.

我和悲傷就在此坐著。

（約翰王，3.1.73）

　　康斯丹絲夫人感嘆其子亞瑟悲慘的命運。言淺意深。（言近指遠 or 言簡意賅）。

67

He talks to me that never had a son.

他未曾有兒子，所以他才這樣說。

（約翰王，3.4.91）

　　康斯丹絲夫人正在為沒能再見到兒子亞瑟而傷心難過時，潘達爾夫說：「妳太過度悲傷了」，卻遭她責罵。（343）

68

Life is as tedious as a twice-told tale.

人生單調乏味，像個一唱再唱的老調兒。

（約翰王，3.4.108）

法國皇太子路易，被英軍擊敗，對人生絕望。美國作家霍桑曾作「再談故事」的短篇集。

69

In sooth, I know not why I am so sad.

老實說，我不知道我為何如此悲傷。

（威尼斯商人，1.1.1）

戲劇開頭，安東尼奧的台詞。他自己不明白原因，我們亦不明白。有人或許認為安東尼奧是知道至交巴薩尼奧深愛波西亞小姐，擔心將失去友情而難過吧！無論如何，在這齣戲的開頭，就出現悲傷的語調值得注意。（見 70）

70

By my troth, Nerissa, my little body is aweary of this great

world.

真的，尼莉莎，我這弱小的身體實在是厭倦了這個大世界。

（威尼斯商人，1. 2. 1）

波西亞的第一聲。和安東尼奧的第一聲相呼應。這齣戲的二個場面威尼斯和貝爾蒙脫均始於同樣的氣氛。

71

Shylock.　Three thousand ducats; well.

Bassanio.　Ay, sir, for three months.

Shylock.　For three months; well.

Bassanio.　For the which, as I told you, Antonio shall be
　　bound.

Shylock.　Antonio shall become bound; well.

夏洛克：三千塊金幣，好吧？

巴薩尼奧：是的，先生，借三個月。

夏洛克：借三個月，好吧？

巴薩尼奧：剛剛我已告訴你了，由安東尼奧來做擔保。

夏洛克：安東尼奧來做擔保，好吧？

（威尼斯商人，1.3.1）

夏洛克的初次登場。「在三千塊金幣，好吧？」這句中，特別是「好吧」這一詞語——栩栩如生以描繪出夏洛克的性格。

72

The devil can cite Scripture for his purpose.

惡魔也會為了自己的利益，而曲解聖經上的話。

（威尼斯商人，1.3.99）

夏洛克拿出聖經上的話，想將自己抽取利息，增加財富的立場正當化，而對安東尼奧而言，像他這樣的基督徒認為抽取利息是罪惡的，因而予以反駁。有一諷刺詩文是這樣寫的：「不論是聖徒或惡魔，為自己的利益相互爭奪，也會引用莎士比亞的話。」（布朗「莎士比亞」上集）

73

It is a wise father that knows his own child.

聰明的父親才能深知他自己的兒子。

（威尼斯商人，2.2.81）

朗斯羅特對眼睛不好，不識自己的孩子的高波所說的話。亦有相反的諺語：「聰明的孩子知曉自己的父親」。

74

Hath not a Jew eyes? Hath not a Jew hands, organs, dimensions, affections, passions; fed with the same food, hurt with the same weapons, subject to the same diseases, heal'd by the same means, warm'd and cool'd by the same winter and summer, as a Christian is?

猶太人沒有眼嗎？猶太人沒有手、五官、四肢、感覺、欲望、感情嗎？猶太人不是和基督徒一樣，吃著同樣的食物，受同樣的武器所傷，生同樣的病，用同樣的藥治療、同樣地覺得冬冷夏熱嗎？

（威尼斯商人，3. 1. 61）

夏洛克陳述受基督徒迫害的猶太人的立場。"warm'd"(A)，"cool'd"(B)—"winter"(B')，"summer" (A')的語順是為交錯語法。在這全劇中，夏洛克雖為反派角色，但是作者未曾忘記藉他的話，來表明自己的立場。

75

One half of me is yours, the other half yours.

我的一半是屬於你的，另一半也是你的。

（威尼斯商人，3. 2. 16）

波西亞對巴薩尼奧表明心跡。大膽地表現出女性的心意。參照「惡有惡報」中，公爵所言。（見236）

76

Not on thy sole, but on thy soul, harsh Jew,

Thou mak'st thy knife keen.

你不是在鞋底，而是在心上磨刀！刻薄、殘忍的猶太人。

（威尼斯商人，4. 1. 123）

在法庭中，葛萊西安諾罵想要割下安東尼奧身上的一磅肉而正用鞋底磨刀的夏洛克。巧妙運用"sole"和"soul"的諧音。

77

Portia.　Is your name Shylock?

Shylock.　Shylock is my name.

波西亞：你的名字是夏洛克？

夏洛克：夏洛克是我的名字。

（威尼斯商人，4. 1. 176）

　　假扮律師的波西亞和夏洛克的問答：一行即可將兩人分別出來。絲毫不差的問答。前半部是女低音、後半部是拋起的男低音。二個回應是具有效果的。"name"、"Shylock"－"Shylock"、"name"是交錯排列。譯文是無法顯現出如此的效果的。

78

The quality of mercy is not strain'd.

It droppeth as the gentle rain from heaven

Upon the place beneath. It is twice blest:

It blesseth him that gives and him that takes.

慈悲不是強求而來的，而是猶如甘霖自天而降。它是雙重的福佑，它賜福給那施者與受者。

（威尼斯商人，4. 1. 184）

　　波西亞曉諭夏洛克要他以慈悲的心腸停止割取安東尼奧的一磅肉的行為。第二行常被誤用為 "It droppeth as the gentle dew from heaven"

（它猶如天降甘露）。

79

A Daniel come to judgement! yea, a Daniel!

一位丹尼爾下世來裁判了！是的，簡直就是丹尼爾再世！

（威尼斯商人，4.1.223）

　　夏洛克聽到可從安東尼奧身上割取一磅肉的判決所說的話。丹尼爾是猶太古代著名的法官。"come"是過去分詞，這是因為「一位丹尼爾」的關係」。不久，又判決雖然可以割下一磅肉，但卻不能流出一滴血。這時，在安東尼奧身旁的葛萊西安諾叫著「這個丹尼爾二世，簡直就是丹尼爾！猶太人。」

80

The moon shines bright: in such a night as this,
Troilus methinks mounted the Troyan walls
And sigh'd his soul toward the Grecian tents,
Where Cressid lay that night.

月兒如此明亮地照著，在這樣的夜裏，…大概就是在這樣的

夜裏，特羅伊羅斯爬上了特羅伊的城牆，對著克瑞西達在那夜所安歇的希臘營帳深深地嘆息。

（威尼斯商人，5.1.1）

這齣戲最後一幕的開頭詞句。洛蘭柔和情人傑西卡一同等待波西亞她們的歸來。特羅伊羅斯是脫愛王之子。克瑞西達雖是他的戀人，而後卻嫁給希臘軍的戴奧密地斯。

81

The man that hath no music in himself

Nor is not moved with concord of sweet sounds,

Is fit for treasons, stratagems, and spoils.

心中沒有音樂的人也不會為美妙樂音所感動的人，

他最宜去做賣國、陰謀、掠奪的事。

（威尼斯商人，5.1.83）

洛蘭柔所言。亦可看作是莎士比亞的意見。他相當重視音樂。全集中如"music"、"musical"、"musician"等詞語出現竟有 170 次之多。

82

If all the year were playing holidays

To sport would be as tedious as to work.

如果整年都是休憩、遊蕩的日子，

那嬉戲將會和工作一樣令人厭煩。

（亨利四世（上），1. 2. 227）

　　亨利王子所言。

83

O, the blood more stirs

To rouse a lion than to start a hare!

啊！我的血脈賁張，

與其說可以激走兔子，毋寧說可以驚動獅子了。

（亨利四世（上），1. 3. 197）

　　赫特斯帕（綽號霹靂火）的武士行徑。

84

*Prince.*This sanguine coward, this bed-presser, this horse-back-

breaker, this huge hill of flesh, 一

Falstaff.'Sblood, you straveling, you elf-skin, you dried neat's
tongue, you bull's pizzle, you stock-fish!. . .you tailor's-
yard, you sheath, you bowcase, you vile standing-tuck, 一

亨利王子：你這個紅臉的大懦夫，好睡的傢伙、壓斷馬背的
　　　　小子、呸！凸腹、大塊肉的東西。

孚斯塔夫：噴！你這發酵的、你這鬼皮，你這個乾牛舌、你
　　　　這個牛鞭、你這乾魚、你這裁縫尺、你這刀鞘、你這箭
　　　　筒、你這該死堅硬的縐褶。

（亨利四世（上），2. 4. 268）

王子和孚斯塔夫的唇槍舌戰。孚斯塔夫的肥胖、王子的纖瘦成為
吵架的題材。

85

I was as virtuously given as a gentleman need to be; virtuous
enough: swore little, dic'd not above seven times —— a week,
went to a bawdy-house not above once in a quarter —— of an
hour, paid money that I borrow'd —— three or four times.

我本性是和任何紳士一般地品行端正；真的是很夠良善的；
我不大賭咒、發誓的；每星期擲骰子不超過七次；上妓館最
多也不過一次而已——每一刻鐘；借錢也會還，還過三、四
次。

（亨利四世（上），3.3.16）

　　孚斯塔夫誇耀自己的紳士行徑。執著於孚斯塔夫式的修辭學。雖
也有「借還錢」的版本，但這樣就沒啥趣味了。

86

To the latter end of a fray and the beginning of a feast

Fist a dull fighter and a keen guest.

戰鬥的尾聲和宴會的開始，

是最適合膽小的武士和飢饞的客人。

（亨利四世（上），4.2.85）

　　孚斯塔夫申述其生活信條。以當時發音來說，"feast"和"guest"押
韻。」在這之前皆以散文　說，至此改以詩的形式而又有押韻，頗有
趣味。又，於終場押韻是莎士比亞的作品中很常見的。

87

What is honour? A word. What is in that word honour?

What is that honour? Air.

名譽是什麼呢？一個名詞。

名譽這個名詞算得了什麼呢？名譽是什麼呢？空氣。

（亨利四世（上），5. 1. 136）

孚斯塔夫的名譽論。

88

O gentlemen, the time of life is short!

To spend that shortness basely were too long.

啊！諸位，人生短促！

那樣短促的人生若是平凡地度過，卻也嫌太長了一些。

（亨利四世（上），5. 2. 82）

赫特斯帕（霹靂火）即將展開戰鬥，而向叛軍所說的激勵的話。

89

The better part of valour is discretion.

臨機應變是勇氣中最重要的部分。

（亨利四世（上），5.4.121）

　　在戰場上，因裝死而撿回一條命的孚斯塔夫所言。其意為裝死也是一種勇氣。

90

Past and to come seems best; things present worst.

過去和未來似乎是最好的，現在則最糟糕。

（亨利四世（下），1.3.108）

　　約克大主教所言。民眾厭倦他們自己原先所選的國王理查，而擁戴布靈布洛克。而布靈布洛克登基成為亨利四世時，民眾又厭惡他，要求把先前那一個國王還給他們。

91

Uneasy lies the head that wears a crown.

戴了王冠，反倒睡得不安穩。

（亨利四世（下），3.1.31）

　　亨利國王的感嘆。「文學評論」中，有一調刺詩文：「鑲了金冠的牙齒反倒不自在」和本句有異曲同工之妙。

92

A man can die but once.

一個人只能死一回。

（亨利四世（下），3. 2. 250）

　　孚斯塔夫的部下弱者所說的話，就因為是弱者所說的，才顯得如此重要。

93

Let time shape, and there an end.

讓時間來安排吧！就此打住。

（亨利四世（下），3. 2. 358）

　　孚斯塔夫的悟道。

94

A man cannot make him laugh; but that's no marvel, he drinks

no wine.

沒有人能逗他笑；但這也不算稀奇，他連酒都不喝。

（亨利四世（下），4. 3. 95）

　　孚斯塔夫在說有關蘭卡斯特公爵約翰的事。像是在說喝酒的事。對孚斯塔夫來說，酒有二個好處，可使頭腦快速運轉，意識清晰而有創造力，再則，能使他變得勇敢。

95

Under which king, Besonian?

在哪一個國王手下，你這窮光蛋？

（亨利四世（下），5. 3. 119）

　　「在哪一個國王手下…」是哨兵盤問口令時的說法，在此，則是皮斯圖捉弄似地對在國王手下頗得信任的地方法官沙婁的玩笑話。"Besonian"等於「貧窮的乞丐」，是源自於義大利話的"bisogno"」。

96

The world's mine oyster,

Which I with sword will open.

世界就像我餐盤中的牡蠣，我要用我的劍，去打開它。

（溫莎的風流婦人，2.2.2）

畢斯托爾所說。牡蠣的譬喻蠻特別的。須注意"which"、"with"和"will"的頭韻。

97

Men are merriest when they are from home.

人們離家的時候，便是他最快樂的時候。

（亨利五世，1.2.272）

意指亨利五世荒唐、為所欲為的時候。本句以"Men"（男人）隱喻，饒富趣味。注意"men"和"merriest"的頭韻。

98

Thus may we gather honey from the weed,

And make a moral of the devil himself.

這樣一來，我們便可從雜草中採蜜，

從惡魔身上也可以獲得教訓。

（亨利五世，4.1.11）

英軍居於劣勢時，亨利國王所言。

99

I think the King is but a man, as I am. The violet smells to him
as it doth to me.

我覺得國王和我一樣，也只不過是一個人。

紫羅蘭的花香，由他來聞和由我來聞都是一樣香的。

（亨利五世，4. 1. 105）

亨利國王隱瞞自己的身分時，對士兵們的談話。

100

What call you the town's name when Alexander the Pig was
born?

亞歷山大肥豬所出生的那個城，叫什麼名字啊？

（亨利五世，4. 7. 14）

威爾斯的軍官弗魯哀倫的台詞。"Alexander the Great"誤寫成
"Alexander the Big"，而"Big"發成"Pig"的音。

101

I could not endure a husband with a beard on his face; I had rather lie in the woollen.

叫我嫁給一個臉上有鬍子的人，我是怎麼也受不了的，倒不如讓我裹在毛毯裏睡還好。

（無事生非，2. 1. 31）

標榜自己是厭惡男人的貝特麗絲所說的話。

102

Speak low, if you speak love.

說情話要低聲點。

（無事生非，2. 1. 103）

在面具化裝舞會中，唐彼德羅所說的話。

103

Silence is the perfectest herald of joy: I were but little happy, if I could say how much.

靜默是表示快樂的最好的方法。要是我能說出我的心裏有多

麼快樂，那麼我的快樂就只是有限的，而不是無盡的了。

（無事生非，2.1.317）

　　克勞狄奧決定和希羅結婚時所說的話。在莎士比亞作品中，"perfecter"出現一次，而"perfectest"出現二次。

<h1 align="center">104</h1>

Sigh no more ladies, sigh no more,

Men were deceivers ever,

One foot in sea and one on shore,

To one thing constant never.

不要嘆氣，不要嘆氣啊，姑娘們，

男人們都是些騙子，

一腳在海裏、一腳在岸上，

永遠是朝三暮四的。

（無事生非，2.3.64）

　　鮑爾薩澤的歌曲的前四行。

105

When I said I would die a bachelor, I did not think I should live till I were married.

當初我說我要一生一世做個單身漢，那是因為我沒有想到我會活到結婚的這一天。

（無事生非，2. 3. 253）

　　抱獨身主義的培尼狄克，聽到貝特麗絲愛上自己的傳聞時，為自己興起想要結婚的念頭做辯護的獨白。

106

Contempt, farewell!

輕蔑、狂妄，再會吧！

（無事生非，3. 1. 109）

　　雖是自恃甚高的女孩，但聽到培尼狄克愛上自己的傳聞時，而打定主義要結婚的貝特麗絲的獨白。用語十分簡潔。

107

Every one can master a grief but he that has it.

痛在旁人身上，誰都會說風涼話的。

（無事生非，3. 2. 28）

　　為相思所苦的培尼狄克，被問及「怎麼啦？」而回答「牙痛」。再被問及「就因為牙痛才這樣心煩意亂的嗎？」即以上述回答。在羅密歐的台詞中曾有「不知傷痛的傢伙，不要譏笑他人的傷痕。」

108

Leonato's Hero, your Hero, every man's Hero.

里奧那托的希羅，你的希羅，人盡可夫的希羅。

（無事生非，3. 2. 110）

　　惡棍唐約翰所言。他向里奧那托的女兒希羅小姐的未婚夫誹謗希羅，說她行為不檢點。在多萊敦的「全都是因為愛」中，亦有「你的凱帕拉，多勒貝拉的凱帕拉，人盡可夫的凱帕拉。」

109

You shall comprehend all vagrom men.

所有的流氓無賴，都該拘捕。

（無事生非，3. 3. 25）

警吏道格培里命令夜間巡警。使用艱澀的詞語而弄錯了。
"comprehend"是"apprehend"之筆誤"vagrom"是"vagabond"的筆誤。

110

There was never yet philosopher
That could endure the toothache patiently.

那些哲學家一旦他們的牙齒痛起來，也是會忍受不住的。

（無事生非，5. 1. 35）

　　由於惡棍唐約翰的謠言中傷，女兒的名節被污損，里奧那托在悲
嘆克勞狄奧解除婚約，對安東尼奧規勸他「就只是這樣嘆息，跟小孩
沒兩樣」時反駁之詞。有關莎士比亞對哲學（家）的看法，可以參照
42、164。

111

Thus men may grow wiser every day.

所以人們每天都可增長一些見識。

（皆大歡喜，1. 2. 145）

　　小丑試金石的台詞。是應對勒波對小姐們說很可惜錯過了摔角而

折斷肋骨的好戲。接著又說「我第一次聽見折斷肋骨是小姐們的玩意兒。」但是，這已離題了，因而，就當做普通文句來讀好了。

112

Sweet are the uses of adversity.

逆運（逆境 or 厄運）的功效是極好的。

（皆大歡喜，2. 1. 12）

被放逐至亞登森林，過著樸實快樂的生活的老伯爵所言。有一詼諧詩文如下「變化多端的效用是絕妙的」只是這並非是原語，所以不大有趣。

113

Thus we may see. . . . how the world wags:

'Tis but an hour ago since it was nine,

And after one hour more 'twill be eleven:

And so, from hour to hour, we ripe and ripe,

And then, from hour to hour, we rot and rot,

And thereby hangs a tale.

現在是十點鐘了，由此我們可以知道……世界在變遷，一個小時前不過是九點鐘，而再過一小時便是十一點鐘了，照這樣一小時一小時地下去，我們越長越老，越老越不中用，而這才是問題所在。

（皆大歡喜，2. 7. 22）

　　憂鬱哲人杰奎斯轉述試金石的時間論。「下雨的日子天氣就不好」的形式。又由於地方口音使得"hour"和"whore"（娼妓）"tale"和"tail"有其背後隱含的意義。在當時"hour"和"whore"是相同的發音。

114

All the world's a stage,

And all the men and women merely players:

They have their exits and their entrances;

And one man in his time plays many parts,

His acts being seven ages.

全世界是一個舞臺，所有的男男女女只不過是一些演員；他們都有上場的時候、也都有下場的時候。一個人在其一生中扮演著好幾個角色，可分為七個時期。

（皆大歡喜，2. 7. 139）

　　莎士比亞利用杰奎斯說出的名句。所謂人生的七個時期是為：一是嬰孩、二是學童、三是情人、四是軍人、五是法官、六是龍鍾老叟，七則是孩提時代的再現。將世界看做是舞台的「世界劇場」的想法是從希臘時代就有的，莎士比亞特別喜愛這種比喻。在他所屬的地球劇院的正面掛著"Totus mundus agit histrionem"（全世界是演員在演出）的箴言。（見 297、349）

115

Do you not know I am a woman? When I think, I must speak.

你不知道我是個女人嗎？我心裏想到什麼，就忍不住要說出來的。

（皆大歡喜，3. 2. 263）

　　羅瑟琳追根究底地詢問在森林中見到情人奧蘭多的西莉亞。她無法忘記自己是著男裝。有人認為女性不該叫「弱者」，而該叫「話匣子」，這句話也有撒嬌的味道。

116

Dead shepherd, now I find thy saw of might,

"Who ever lov'd that lov'd not at first sight?"

過去的詩人啊！現在我想我相信你那強而有力的話了：

「哪個戀人不是一見就鍾情的？」。

（皆大歡喜，3. 5. 82）

　　牧羊女菲苾將假扮男人的羅瑟琳當做是真正的男人而愛上她。所謂「過去的詩人」是指馬洛。這句出自於「希羅與里昂德」。又，"might" 和 "sight" 押韻。

117

Men are April when they woo, December when they wed; maids are May when they are maids, but the sky changes when they are wives.

男人們在求愛的時候是四月天，結婚的時候是十二月天；姑娘們小姑獨處的時候是五月天，一做了妻子，就變天了。

（皆大歡喜，4. 1. 147）

　　羅瑟琳對奧蘭多所言。"maids"和"May"的俏皮語。

118

The fool doth think he is wise, but the wise man knows himself to be a fool.

傻子自以為聰明，而聰明人卻知道他自己是個傻子。

（皆大歡喜，5. 1. 34）

　　小丑試金石對鄉下人威廉所言。聰明伶俐和傻瓜的辯證法。這類的言論在莎士比亞中常出現。（見 120、125）

119

If music be the food of love, play on.

假如音樂是愛情的食糧，那麼就繼續奏下去吧！

（第十二夜，1. 1. 1）

　　奧西諾正在為對奧麗維亞的愛所困。在開頭，就提出本戲的中心思想了。有關於音樂與愛情的關係在克麗奧佩特拉的台詞中亦可見。（見 364）

120

Better a witty fool than a foolish wit.

與其做愚蠢的智人，不如做聰明的愚人。

（第十二夜，1.5.39）

小丑費斯特所言。（見 118、125）

121

Not to be a-bed after midnight is to be up betimes.

深夜不睡即是起床得早。

（第十二夜，2.3.1）

一整晚喝酒喧鬧的托比的自私理由。

122

In delay there lies no plenty;

Then come kiss me, sweet and twenty.

不要蹉跎了大好的年華，

來吻我吧！可愛的小姑娘。

（第十二夜，2.3.51）

出自小丑費斯特的歌。"plenty"和"twehty"有押韻。"sweet and

tweney"等於「甜蜜的和美好的雙十年華」，又，亦有取其「可愛的雙十」之意。

123

Dost thou think, because thou art virtuous, there shall be no more cakes and ale?

你以為你自己道德高尚、耿直，就可以叫人家不能喝酒作樂了嗎？

（第十二夜，2. 3. 123）

托比因喝酒喧鬧，而遭耿直的管家馬伏里奧修士責罵。摩姆的小說題目"Cakes and Ale"（蛋糕和麥酒），就是出自於此。

124

Then let thy love be younger than thyself,
Or thy affection cannot hold the bent.

所以，選一個比你年輕一點的姑娘做你的愛人吧！
否則，你的愛情不能長久。

（第十二夜，2. 4. 37）

奧西諾對著男裝、扮成平民的薇奧拉所言。若將在十八歲時,即與年長八歲的安妮結婚的莎士比亞本人合想一下,就會覺得挺有趣的。

125

This fellow is wise enough to play the fool.

這傢伙扮傻子還挺夠聰明的。

（第十二夜,3.1.67）

薇奧拉敍述費斯特（小丑）的事。他是「聰明的愚人」（小丑）。（見 118、120）

126

Love sought is good, but given unsought is better.

須知求得的愛固然是好,但不勞而獲的更加可貴。

（第十二夜,3.1.168）

奧麗維亞向薇奧拉所言。她認為假扮男人的薇奧拉是真正的女人而愛慕著。

127

Beware the ides of March.

當心三月十五日那一天。

（凱撒大帝，1. 2. 18）

　　凱撒加入凱旋行列中，正得意時聽到一預言者令人感到不快樂的
聲音。但是，凱撒卻說「他是個作夢的人；我們不要理他，走吧！」
而不將它放在心上。不過，這個預言後來完全料中。

128

Yond Cassius has a lean and hungry look;
He thinks too much; such men are dangerous.

那邊的那個凱西阿斯面容削瘦；
他想得太多了，這樣的人是危險的。

（凱撒大帝，1. 2. 194）

　　凱撒所言。後來凱西阿斯果真成為危險人物。

129

He spoke Greek . . . Those that understood him smil'd at one

another, and shook their heads: but . . . it was Greek to me.

他說了一句希臘話…聽得懂他的話的那些人彼此相視而笑，搖搖頭；對我來說，我是莫名其妙，一字也聽不懂。

（凱撒大帝，1.2.282）

　　卡斯卡申述凱撒三度拒絕接受安東尼所奉上的皇冠。所謂的「他」是指西塞羅。「希臘語」是從「艱澀」到「莫名其妙」的意思。亦說成「對我而言，它是猶太語（聽不懂）」。

130

Cassius. Who's there?

Casca. A Roman.

Cassius. Casca, by your voice.

Casca. Your ear is good.

凱西門斯：誰在那兒？

卡斯卡：一個羅馬人。

凱西阿斯：聽你聲音，是喀斯卡。

喀斯卡：你的耳力真好。

（凱撒大帝，1.3.41）

凱撒被暗殺的前晚，同夥的二人在黑夜中閃電交錯的街上相遇。

131

Cassius from bondage will deliver Cassius.

凱西阿斯要把凱西阿斯從奴役中解放出來。

（凱撒大帝，1.3.90）

　　追求自由而意氣風發的凱西阿斯所言。如這一類句首和句尾用相同的詞語的修辭法叫做首尾同語。譯文無法達到其神來之筆的效果。

132

Decius. Her lies the east; doth not the day break here?

Casca. No.

Cinna. O, pardon, sir, it doth; and you grey lines

That fret the clouds are messengers of day.

Casca. You shall confess that you are both deceiv'd.

Here, as I point my sword, the sun arises, . . .

And the high east stands, as Capitol, directly here.

德西烏斯：這邊是東方。太陽是否從此昇起？

卡斯卡：錯，不是。

辛納：啊！對不起，是從這邊昇起的；雲端露出的那些灰色的線條，就是曙色的前兆了。

卡斯卡：你們必須承認你們兩個都錯了。這一邊，我的劍所指的那個方向，才是日出的地方，……正東方是在這一邊，就是方角神廟的這邊。

（凱撒大帝，2.1.101）

暗殺當天的黎明，同夥者聚集在布魯特斯的家中。「（在這一幕）反覆閱讀，總叫人感到佩服，有曉風吹拂過腋下之惑。」且，握著劍想從神廟的那邊招來羅馬的黎明是象徵性的。所以日出的方向同夥者見解各有不同。

133

He will never follow any thing

That other men begin.

別人先帶頭做的事，他是從來不肯附和的。

（凱撒大帝，2.1.151）

所謂他是指西塞羅。當有人提出說希望加入西塞羅的議論時，布

魯特斯反對。西塞羅的形象給人栩栩如生之感。在普魯達克的「英雄傳」中，西塞羅以「生性膽小」、「老成持重」等理由，而被網羅。這是莎士比亞加入原著所沒有的趣味之一例。

134

Let's be sacrificers, but butchers.

我們要作獻祭者，不要作屠夫。

（凱撒大帝，2. 1. 166）

布魯特斯所言。他表明其立場，殺凱撒不是因為私怨。

135

Are we all ready?

大家都準備好了？

（凱撒大帝，3. 1. 31）

在神廟裏，凱撒原先是說「大家都準備好要開始開會了？」在同夥的伙伴都當作是「都準備好要暗殺了？」的意思。他們一定在心裏回答「是的，我們準備好了。」驚人的戲劇性諷刺。

136

Speak, hands, for me!

來，動手吧！

（凱撒大帝，3. 1. 76）

卡斯卡從後面給凱撒第一擊。照字面上的意思是「讓我的手替我說話吧！」有人譯為「問我這隻手吧！」也有譯為「這樣的話，讓我這隻手來說吧！」

137

Et tu, Brute!

你也參加，布魯特斯！

（凱撒大帝，3. 1. 77）

凱撒見到平日自己十分親愛的布魯特斯也兵刃相向，其絕望的吶喊。這句是「還有你，布魯特斯！」之意的拉丁話。普魯達克的「英雄傳」中，是"kai su teknon"（你也參加了，兒子）。這樣的希臘語。布魯特斯的母親原為凱撒的愛人，所以布魯特斯可說是凱撒之子。又，另一部作者不詳的「凱撒的復仇」中有這麼一句話「什麼！連布魯特斯…」

138

Though last, not least in love.

雖然是最後一位，並非是情誼最少的。

（凱撒大帝，3. 1. 189）

安東尼和同夥者一一握手，對最後一位垂波尼阿斯握手時所說的話。在「李爾王」中，李爾王對寇蒂莉亞叫道："Although the last, not least"（雖然是最後一個，但卻不是最少的）。

139

Not that I lov'd Caesar less, but that I lov'd Rome more.

並非是我愛凱撒少些，而是我愛羅馬更多些。

（凱撒大帝，3. 2. 22）

暗殺凱撒後，布魯特斯將其暗殺凱撒的理由告知市民們，這是演說中的一句。「喬伊魯特哈羅路都」中也有這樣一句「並非是我愛人類少些，而是我愛大自然更多些」。

140

Brutus is an honourable man.

布魯特斯是一位光明正大的人。

（凱撒大帝，3. 2. 87）

　　在安東尼的演說中重複了好幾次。開始的時候，對布魯特斯有好感的市民們聽到這句話頗有同感。但藉由安東尼巧妙的說話技巧，卻引發了他們對布魯特斯的敵意。安東尼的諷刺確實達到其目的了。

141

This was the most unkindest cut of all.

這才是最殘忍的一擊。

（凱撒大帝，3. 2. 187）

　　安東尼在演說中，讓民眾看西撒屍體上布魯特斯所刺殺的傷口。羅馬波普認為最高級的重複使用不恰當，因而改成"This, this was the unkindest cut of all'重複""this"是為使音節數相等。

142

Brutus.　Portia is dead.

Cassius.　Ha? Portia?

Brutus.　She is dead.

布魯特斯：波西亞死了。

凱西阿斯：啊？波西亞？

布魯特斯：她死了。

（凱撒大帝，4. 3. 147）

和凱西阿斯發生口角後，布魯特斯說出妻子的死訊。表現出羅馬式的簡潔，亦是英式的。（見 355）

143

For ever, and for ever, farewell, Cassius!

If we do meet again, why, we shall smile;

If not, why then this parting was well made.

再會吧！再會吧！永久的再會了，凱西阿斯！

如果我們能再見面，我們將會笑逐顏開。

否則，這次即是訣別的最好時候。

（凱撒大帝，5. 1. 117）

於腓力比平原決戰時，先前布魯特斯對凱西阿斯道別，在道別的話語中，是為最高級。

144

His life was gentle, and the elements

So mix'd in him that Nature might stand up

And say to all the world, "This was a man!"

他一生高雅，溫文有禮，其人格圓滿無缺，因而造物者，可
以站起來向全世界宣佈，「這才是個真正的大丈夫。」

（凱撒大帝，5.5.73）

　　劇終，安東尼稱讚宿敵布魯特斯。"This was a man"是最高的讚
美辭。哈姆雷特稱讚其父"He was a man, take him for all in all"。

145

Bernardo. Who's there?

Francisco. Nay, answer me. Stand, and unfold yourself.

Bernardo. Long live the King!

Francisco. Bernardo?

Bernardo. He.

巴那都：是誰呀？

法蘭西斯科：什麼：你才是誰！站住，報上名來。

巴那都：吾王萬歲！

法蘭西斯科：巴那都？

巴那都：是的。

（哈姆雷特，1.1.1）

　　「哈姆雷特」的開頭場面。因為連續兩個晚上都出現鬼魂，使得哨兵們都非常緊張害怕。理應是由正在站崗的哨兵法蘭西斯科詢問「是誰呀？」但卻先由正要來輪班的巴那都開口，因而令人覺得更加害怕。「吾王萬歲」雖是暗號，但若仔細深慮其意，是極為戲劇性的諷刺。這是因為此劇的主題即是如何將國王打倒。巴那都的回答"He"亦十分有趣。有人譯：「巴那都嗎？」「嗯！」第一版四開本「誰在那？」－「那是我。」平淡無奇。

<h2 align="center">146</h2>

Bernardo. Say,

　　What, is Horatio there?

Horatio. Apiece of him.

百那度：喂！

　　什麼，是何瑞修嗎？

何瑞修：就是他呀！

（哈姆雷特，1.1.18）

　　開場時，何瑞修的出場。在外守望的哨兵們連續兩個晚上都看見鬼魂，覺得害怕。但是，不信鬼魂的何瑞修冷靜而詼諧的回答著。有人譯：「縮成一點點。」注解為「因寒冷而畏縮。」亦有譯：「如何瑞修的精髓般大小。」還有的譯：「正是在這兒。」最後有人譯的卻完全不同「（握手）呶，這裏，這就是我的手。」

147

Last night of all,

When yond same star that's westward from the pole

Had made his course to illume that part of heaven

Where now it burns, Marcellus and myself,

The bell then beating one, －

Enter Ghost.

就在昨天夜晚，當那繞著北極星西行的那顆星，正在照耀著現在發亮的天邊時，馬賽勒斯和我兩人，鐘正好敲了一下──（鬼魂登場）

　　鬼魂初現時，百那都的台詞。說完「就在昨天夜晚」稍停一會兒
（約六音節）吸口氣後，再說下去。就在「敲一下」說一半時，鬼魂
出現了。每個時機都很恰當。"pole"、"polestar"、"his"、"its"。

148

Look , the morn, in russet mantle clad,

Walks o'er the dew of yon high eastward hill.

你們看，披著紅袍的曙光，

踏著那高遠的東山的露珠走過來了。

　　何瑞修所言。因為鬼魂消失了，而晨曦亦照射過來，因而話語也
明朗了起來。

149

King. But now, my cousin Hamlet, and my son, －

Hamlet. [*Aside*] a little more than kin, and less than kind.

丹麥王：現在，我的姪子哈姆雷特，也是我的兒子——

哈姆雷特：（旁白）比姪子是親些，可是還算不得是兒子。

（哈姆雷特，1.2.64）

　　哈姆雷特這一句明確地擺出要與丹麥王對決的架勢。"cousin"
「姪子」、"kin"和"kind"是詼諧語。當時的"kind"（同一血緣）發音
為【ki:nd】。另譯：「雖為親人但卻不親密」，另譯：「血緣相
通，但心卻不相通」。「雖為近親，但卻無親密感。」亦可。

150

King.　　How is it that the clouds still hang on you?

Hamlet.　　Not so, my lord; I am too much i' the sun.

丹麥王：為何你的臉上總是罩著一層愁雲？

哈姆雷特：不，陛下，我曬的陽光太多了。

（哈姆雷特，1.2.66）

　　接續以上的談話。「曬的陽光太多」除了字面上的意思之外，亦
有「出天堂、曬太陽」又"sun"用作成"son"可作「叫兒子叫膩了之
意」。另譯：「屋簷被拿，強迫性的蒙受過度恩賜的日光」，另譯：
「橫豎是見不得的人」，另譯：「受了太多親王的陽光了」。

151

O that this too too solid flesh would melt,

Thaw, and resolve itself into a dew.

啊！我願這太，太堅固的肉體消溶分解成一滴露水！

（哈姆雷特，1. 2. 129）

　　初獨白的第一行。父親的死和母親的再婚，使得哈姆雷特了無生趣。亦有"solid"（堅固的），作"sullied"（玷污的）的版本。

152

Frailty, thy name is woman!

弱者，你的名字叫女人。

（哈姆雷特，1. 2. 146）

　　出自初獨白中。雖是悲嘆其母的再婚，但是責難所有的女性是年輕人常有的論調。有幾首諷刺詩文：「弱者，你的名字叫婚姻」（喬伊斯）、「噢！女人，不按牌理出牌才是你的名字」（馬克德那魯特）。

153

Thrift, thrift, Horatio! the funeral baked meats
Did coldly furnish forth the marriage tables.

節儉、節儉、何瑞修！喪事上烤過的肉，冷却後正好搬到結婚筵席上。

（哈姆雷特，1. 2. 180）

哈姆雷特向何瑞修表示，其母親過早再婚了。「肉」亦有「夾餡點心」的說法。「冷却」亦含有「心冷」的意思。

154

Hamlet. My father! —— methinks I see my father.
Horatio. Where, my lord?
Hamlet. In my mind's eye, Horatio.

哈姆雷特：我的父親！——我彷彿看見我的父親。

何瑞修：在哪裏？殿下！

哈姆雷特：在我心裏，何瑞修。

（哈姆雷特，1. 2. 184）

何瑞修正想向哈姆雷特提及鬼魂之事，但聽到「我彷彿看見我的

父親」，而嚇了一跳，而後聽到「在我心裏」就放心了。波茲薇露寄給鐸克達強生的信中有這麼一句：「你的怒吼，至今仍在我心中不斷地迴響著」。

155

Costly thy habit as thy purse can buy,
But not express'd in fancy; rich, not gaudy.

以你的財力許可範圍內為限，衣服要穿得講究，但是也不可過於奇異；要闊氣，而不要俗艷。

（哈姆雷特，1. 3. 58）

父親波隆尼爾對其子賴爾帝斯的誡言之一。

156

Neither a borrower nor a lender be;
For loan oft loses both itself and friend,
And borrowing dulls the edge of husbandry.

別向人借錢，也不要借錢給別人；因為借錢給人常常是金錢與朋友兩頭落空，而向人借錢會挫鈍儉約的鋒芒。

（哈姆雷特，1. 3. 63）

　　這亦是波隆尼爾的訓誡之一。「借錢給人則失掉朋友」的說法蠻有趣的。"borrower"，"lender"－"loan"、"borrowing"的順序是交錯排列語法的型式。

157

You speak like a green girl.

你說話真像是一個幼稚的小姑娘。

（哈姆雷特，1. 3. 101）

　　波隆尼爾對聽了哈姆雷特情話的女兒歐菲莉亞所言。在克麗奧佩特拉的台詞中，有這麼一句「那是我年輕的時候，不懂事。」（見357）

158

I shall obey, my lord.

我聽話就是了，父親。

（哈姆雷特，1. 3. 136）

　　此為波隆尼爾嚴令不准和哈姆雷特談話的歐菲莉亞的回答。注意並非是"will"而是"shall"。這樣的乖順與（用"shall"而不用"will"有勉強的意涵）茱麗葉、苔絲狄蒙娜和寇蒂莉亞那樣違背父親的女兒相對照。又，將父親稱之"my lard"稍注意一下。"my lord"因不同場合而有「陛下、殿下、閣下」等意。

159

Look, my lord, it comes!

看！殿下，它來了。

（哈姆雷特，1.4.38）

　　何瑞修告知哈姆雷特鬼魂出現了。留意"it"這個字。在佰茲威魯的「強生傳」中，狄威斯首次與強生見面時，在看到逐漸接近的強生的身影，也說道：「看！閣下，它來了」。

160

What may this mean

That thou, dead corse, again in complete steel

Revisit'st thus the glimpses of the moon,

Making night hideous?

這是為什麼？你已成死屍，再次披掛全身甲冑，重訪這月光朦朧的世界，使得夜色如此愁慘。

（哈姆雷特，1. 4. 51）

哈姆雷特向鬼魂叫喚。有人評此處為「穿插月亮的描述，相當好！」一般來說，晚上月亮是屬於陰柔性質。

161

Unhand me, gentlemen,

By heaven, I'll make a ghost of him that lets me!

放手、各位、喝！誰來阻攔我，我讓他變成鬼！

（哈姆雷特，1. 4. 84）

哈姆雷特欲跟鬼魂同去，而遭何瑞修等人的阻攔。「讓他變成鬼」十分有趣。

162

Something is rotten in the state of Denmark.

丹麥國定是有了什麼壞事。

（哈姆雷特，1. 4. 90）

　　馬賽勒斯所言。意味著國王的鬼魂出現是不尋常的。在第二次大戰時，伊耶斯培魯聖（丹麥人）所出版的「近代英文法」的第六卷在其前言寫著，「這個世界定是出了什麼壞事」。這可以說是對有著美蘇核子競爭、伊朗和伊拉克戰爭的現今世界的敘述。

163

One may smile, and smile, and be a villain.

一個人可以微笑、微笑，而且還可以是壞人。

（哈姆雷特，1. 4. 108）

　　哈姆雷特的獨白。意指現今的國王。

164

There are more things in heaven and earth, Horatio,

Than are dreamt of in your philosophy.

宇宙間無奇不有，何瑞修、不是你們所知曉的哲學所能想像得到的。

（哈姆雷特，1. 5. 166）

　　哈姆雷特向對鬼魂不可思議的行為而驚愕不已的何瑞修所言。這個"your"不是單只指你的，而有「你們所知的」之意。美國研究莎士比亞的學者是以自卑感等精神分析的概念來攻擊「哈姆雷特」所欲表達的。「宇宙間無奇不有，親愛的希姆德，不是你知曉的哲學所能想像得到的」。"Siegmund"是佛洛依德的洗禮名。"dear Siegmund"和"Horatio"同音節數。

165

The time is out of joint: O cursed spite,

That ever I was born to set it right!

這時代是全盤錯亂，啊！可恨！

我生不逢時，竟要我來糾正。

（哈姆雷特，1.5.189）

　　哈姆雷特所言。"spite"和"right"押韻。亦有被誤引用為"The times are out of joint"。

166

My liege, and madam, to expostulate

What majesty should be, what duty is,

Why day is day, night night, and time is time,

Were nothing but to waste night, day, and time.

陛下、王后在上，如今我們若是討論君權應該如何，臣職應
該如何，何以晝是晝、夜是夜，時光是時光，這簡直就是在
浪費晝夜時光。

（哈姆雷特，2.2.87）

　　波隆尼爾向國王及王后稟報有關調查哈姆雷特之事的前言。是為
「除了瘋以外別無他情，這不就是真瘋的定義」的前提。又，請留意
"day"、"night"、"tine"－"night"、"day"、"time"的順序。

167

Brevity is the soul of wit.

簡潔是智慧的靈魂。

（哈姆雷特，2.2.90）

　　接續以上波隆尼爾所言。雖說如此，但是，講個沒完的時候亦是
詼諧有趣的。

168

More matter with less art.

多些事實，少些賣弄。

（哈姆雷特，2. 2. 95）

王后受不了波隆尼爾冗長的話頭，要他精簡表達此。

169

Polonius. Do you know me, by lord?

Hamlet. Excellent well; you are a fishmonger

波隆尼爾：殿下，你認識我嗎？

哈姆雷特：很熟識，你是賣魚的。

（哈姆雷特，2. 2. 173）

　　哈姆雷特嘲弄來試探他的精神狀態的波隆尼爾。「魚販」隱喻「妓館的老闆」（見 187）。有人譯「你是肉販」亦有此含意。亦有譯「妓館的老闆」太過火些。還是「魚販」好些。又，自「釣魚人」想成是「釣哈姆雷特之人」亦可。對這句文學家的評語為「從天外飛來一筆、有奪膽之妙，不須多加解釋和說明」。

170

Hamlet. Have you a daughter?

Polonius. I have, my lord.

Hamlet. Let her not walk i' the sun: conception is a blessing: but
　　not as your daughter may conceive.

哈姆雷特：你有女兒嗎？

波隆尼爾：我有，殿下。

哈姆雷特：那麼可別教她在太陽底下走路。為世人知曉那也
　　就罷了，若為男人知曉就傷神了。

（哈姆雷特，2. 2. 182）

　　前為波隆尼爾來探問，這次由哈姆雷特出擊了。"conception"有
「知曉事物」和「懷孕」二個意思。而下一行的"conceive"亦是。
又，"sun"和"son"相通，可想其意是指哈姆雷特本身。「別淨在我面
前出現，沒啥了不起」。有人譯：「長智慧的話是蠻好的，若生蛆的
話，就麻煩了」。亦可譯為「認識也就罷了，若懷孕那可就麻煩了」。

171

He is far gone, far gone.

他害病害得很深了。

（哈姆雷特，2. 2. 190）

被哈姆雷特叫做「魚販」的波隆尼爾所言。重複"far gone"頗有趣。

172

Polonius. What do you read, my lord?

Hamlet. Words, words, words.

波隆尼爾：你在讀什麼呢？殿下。

哈姆雷特：字，字，字。

（哈姆雷特，2. 2. 194）

再度試探的波隆尼爾和輕鬆岔開話的哈姆雷特。在「特洛伊羅斯和克瑞西達」中 Words, words, mere words, not matter from the heart！（字、字，只是字而已與心中毫無感情存在，也有譯為詞句、詞句的）可供對照。

173

Though this be madness, yet there is method in't.

雖是瘋了，但是說話還蠻有條理的。

（哈姆雷特，2. 2. 207）

　　從和哈姆雷特的談話中，波隆尼爾所得的感想。留意"madness"和"method"的頭韻。喬伊斯的「尤利西斯」中，亦有"Methodist husband. Method in his madness"（有條理的丈夫，瘋狂中帶有條理）一句。

174

Polonius. Will you walk out of the air, my lord?

Hamlet. Into my grave.

波隆尼爾：要不要進來呀？殿下。

哈姆雷特：到我的墳墓裏去？

（哈姆雷特，2. 2. 208）

　　哈姆雷特對波隆尼爾所說「吹風對瘋子不好」這句話，給予狠狠的一擊。

175

Denmark's a prison.

丹麥是一個監牢。

（哈姆雷特，2.2.249）

哈姆雷特對來試探他的秘密的羅珊克蘭茲與吉爾丹斯坦所言。

176

I could be bounded in a nutshell, and count myself a king of infinite space, were it not that I have bad dreams.

如果不是那一場噩夢，就算把我關在胡桃殼裏，我亦可自命為擁有廣大宇宙的帝王。

（哈姆雷特，2.2.260）

哈姆雷特向羅珊克蘭茲和吉爾丹斯坦所言。哈姆雷特懼怕噩夢的話在第三次獨白中亦有出現。（見 185）

177

What a piece of work is a man! How noble in reason! how infinite in faculty! in form and moving how express and admirable! in action how like an angel! in apprehension how like a god!

人是何等巧妙的一件上天傑作。其理性是何等的崇高！智能是何等的廣大！儀容舉止是何等的勻稱優美。行動是多麼像天使！其悟性是多麼像神明！

（哈姆雷特，2. 2. 315）

　　哈姆雷特向克蘭茲和吉爾丹斯坦所言。文藝復興時代的人類讚美歌之一例。「暴風雨」中，米蘭達的台詞相參照。（見 423）又，亦有"how infinite in faculties, in form and moving, how express and admirable in action, how like an angel in apprehension, how like a god"（其智能是何等的廣大，儀容舉止，行動何等的勻稱優美，其悟性多麼像天使、多麼像神明）的版本。

178

And yet, to me, what is this quintessence of dust? Man delights not me: no, nor woman neither, though by your smiling you seem to say so.

但是，依我看，這塵垢的精華又算得了什麼？人不能使我歡喜，不能，女人也不能，雖然你笑容可掬的似乎以為你能。

（哈姆雷特，2. 2. 320）

接續以上。但是思想又一百八十度的回轉。「塵垢的精華」是指人類。"man"有「人」和「男人」兩個意思。說到「人」時，羅珊克蘭茲與吉爾丹斯坦微笑著。又，"nor neither"是為莎士比亞常見的雙重否定。

179

I am but mad north-north-west: when the wind is southerly
I know a hawk from a handsaw.
只有風自北北西颺來時，我才瘋；風自南來的時候，
我辨得清什麼是蒼鷹，什麼是白鷺。

（哈姆雷特，2. 2. 396）

哈姆雷特向羅珊克蘭茲與吉爾丹斯坦所言。有關為何說「颳北北西風之時」，有各種說法。主要的是想說，並非是全方位的發瘋。而且，「北北西」較為有趣，「西北」則無味。又，哲學家桑達亞納的「懷疑主義和動物信仰」中，「只因我們在北北西，只因先天性的意味，而不得不為觀念論者。颳北北西風之時，雖為觀念論者；風轉向南來時，為實在論者。」有此一句。1959 年就亦有一部電影，片名就叫「北西北」是希區考克的經典之作。

180

The best actors in the world, either for tragedy, comedy, history, pastoral, pastoral-comical, historical-pastoral, tragical-historical, tragical-comical-historical-pastoral.

他們是世界上最好的演員。能演悲劇、喜劇、歷史劇、牧歌劇、牧歌的喜劇，歷史的牧歌劇、悲劇的歷史劇、不分場面或不限地點的戲劇，無一不通，無一不曉。

（哈姆雷特，2.2.415）

波隆尼爾說明有關四處旅行的演員們到這兒的事。波隆尼爾式的饒舌話，同時亦是莎士比亞對當時的戲劇界的諷刺。

181

What's Hecuba to him, or he to Hecuba,
That he should weep for her?

赫鳩巴和他有什麼關係？他和赫鳩巴又有什麼關係？而要他來哭她？

（哈姆雷特，2.2.585）

第二獨白中所言。到處旅遊的演員說到為特洛伊王浦愛阿姆之死

莎士比亞經典名句

而感嘆的赫鳩巴王后時，溶入角色裏，而聲音嗚咽、潸然淚下。一諷刺詩文。「古巴和他有什麼關係？他和古巴又有什麼關係？」（現代小說「丑角」也出現雷同字句）

182

To be, or not to be: that is the question.

死後，能存在，還是不存在；這才是問題。

（哈姆雷特，3. 1. 56）

第三次獨白的第一行。從以前就有「是否要自殺？」「是否要復仇？」二個解譯。舉出幾個各家之譯法。一譯：「是要蹉跎一生呢？還是不能？是需要深思的」。二譯：「存在與否，是值得疑問的」。三譯：「到底是那個？這就其疑問」（故意語意模糊）。四譯「死生與否，這才是問題之所在」。五譯：「生或死，其為疑問」。六譯：「存在，還是不存在，還是個問題」。七譯：「作或不作，是為問題」（在自殺和復仇之間）。八譯：「就目前這樣，還是要改變，是為問題。」又，這句有許多諷刺詩文。如"To buy or not to buy ; that is the guestion that faces many book-lovers to-day?"（Time Lit.增列）。又"To be or not to be married that was the guestion and they decided in the

affirmative." (結婚與否，是個大問題。然後，他們決定結婚了) (E. M. Forster: A Passage to India)。

183

Whether 'tis nobler in the mind to suffer

The slings and arrows of outrageous fortune,

Or to take arms against a sea of troubles,

And by opposing, end them?

究竟那個是氣概呢？是要忍受這殘酷的命運的矢石，還是要拿起武器和這怒海滔天的困難拼命相鬥？

（哈姆雷特，3. 1. 57）

接續以上，"slings"雖原意為「石弓」，但在此為可以投射出去的石頭而言。

184

To die, to sleep—

No more: and by a sleep to say we end

The heart-ache and the thousand natural shocks

That flesh is heir to, 'tis a consummation

Devoutly to be wish'd.

死亡，長眠——如此而已。闔眼一睡，若是就能完結心頭的
苦惱和肉體所承受的萬千苦痛，那真是我們所虔求的願望。

（哈姆雷特，3.1.60）

接續以上。"to say"「祈求」。

185

To die, to sleep ——

To sleep: perchance to dream: ay, there's the rub.

死亡，長眠——長眠，或許會做夢呢！啊！是了，阻礙就在
於此。

（哈姆雷特，3.1.64）

接續以上。夢為惡夢。（見 176）"rub"障礙物。

186

Thus conscience does make cowards of us all.

這樣一來「自覺的意識」使我們都變成懦夫。

（哈姆雷特，3.1.83）

　　可說是第三次獨白的結論。在此時，「自覺」亦含有「道德意識」也就是所謂的「良心」之意。又，亦有好幾個諷刺詩文。卡萊魯的 Custom doth make dotards of us all? 習慣使我們變得老而無用，有名。另外，王爾德的杜蓮格萊中，Conscience makes egotists of us all? （良心使我們變得自私）（"conscience"此時釋作「良心」），高爾斯華綏的「花開荒野」中，"Marriage does make cowards of us all." （婚姻使我們變成膽小者）。

187

Get thee to a nunnery.

到尼姑庵去吧！

（哈姆雷特，3.1.122）

　　哈姆雷特向歐菲莉亞反覆說了四次。雖有「對結婚死心」之意，亦有「妓館」的意味，對歐菲莉亞來說，是很殘酷的話語。參照以前哈姆雷特說波隆尼爾是 "fishmonger"（妓館的老闆）。

188

O, what a noble mind is here o'erthrown!

The courtier's, soldier's, scholar's, eye, tongue, sword.

啊！何等高貴的天才竟這般的毀了。

有廷臣的遠見，有學者的舌鋒，有武士的劍芒。

（哈姆雷特，3. 1. 158）

　　歐菲莉亞看到哈姆雷特改變的樣子而感嘆。"courtiers（A）"、"soldiers（B）"、"scholars（C）"－"eye（A）"、"tongue（C）"、"sword（B）"的順序請稍注意一下。具備這三項，是為文藝復興時代的理想男性。

189

It out-Herods Herod.

比暴君赫洛德還凶暴的人。

（哈姆雷特，3. 2. 16）

　　劇中劇未開始前，哈姆雷特所給予演員的忠告之一。強烈批評猶太人的暴君式的演法，以為喧嘩叫囂的台詞就是演技。"out-Herod"是為名詞當動詞用，此為莎士比亞的造語。此為大膽的表現。

190

To hold, as 'twere, the mirror up to nature.

說起來，不過只是把一面鏡子舉起來映照人性之自然。

（哈姆雷特，3.2.24）

哈姆雷特向演員陳述戲劇的本旨。這亦是莎士比亞的戲劇觀。

191

Hamlet. What did you enact?

Polonius. I did enact Julius Caesar: I was killed i' the Capitol;
Brutus killed me.

Hamlet. It was a brute part of him to kill so capital a calf there.

哈姆雷特：你扮演過什麼？

波隆尼爾：我扮演過朱利葉斯西撒，我被殺死在大廟裏。是
布魯特斯殺我的。

哈姆雷特：他真是太粗野，竟屠殺這樣絕妙的笨蛋。

（哈姆雷特，3.2.107）

哈姆雷特聽到波隆尼爾在大學時，曾演過戲，而加以詢問。
"brute"配"Brutus"，"eapital"配"Capitol"。"calf"是指小牛，但亦有

「笨蛋」之意。有人譯：「將如此絕美的小牛殺死在大廟裏，是多麼魯莽的布魯特斯」。亦譯：「把這樣的老馬幹掉，布魯特斯實在太過分了」。亦譯：「把如蝸牛般駑鈍的國王殺死在大廟裏，就連粗暴的布魯特斯的手也會顫抖吧」。

又，這齣戲首次上演時，巴貝基飾演哈姆雷特，海明柯茲飾演波隆尼爾。而在此前所上演的「朱利葉斯・西撒」中，巴貝基是飾演布魯特斯，而海明柯茲是飾演西撒。於是，同樣地，波隆尼爾將會為哈姆雷特所殺。此為驚人的戲劇性諷刺。

192

Queen. Come hither, my dear Hamlet, sit by me.
Hamlet. No, good mother, here's metal more attractive.

（*Hamlet*, 3. 2. 114）

王后：來這邊，哈姆雷特，坐我旁邊。
哈姆雷特：不，母親，這邊有吸力更大的磁石。

（哈姆雷特，3. 2. 114）

劇中劇開始前，母子間的對話。「磁石」是指歐菲莉亞，哈姆雷特之所以要坐在與國王、王后相對的歐菲莉亞的身旁是因：（1）為

莎士比亞經典名句

了看清楚國王臉上的表情，（2）加深哈姆雷特是因歐菲莉亞而瘋的
印象，（3）真的想坐在歐菲莉亞的身旁，這三個理由吧！

193

Wormwood, wormwood.

（*Hamlet*, 3. 2. 191）

苦啊！苦啊！

（哈姆雷特，3. 2. 191）

　　當劇中劇的王后說「殺親夫的人才肯再嫁第二個丈夫」時，哈姆
雷特推測王后的心事而所說的旁白。"wormwood" ＝苦艾。

194

Hamlet. Do you see yonder cloud that's almost in shape of a
　　camel?

Polonius. By the mass, and 'tis like a camel, indeed.

Hamlet. Methinks it is like a weasel.

Polonius. It is backed like a weasel.

Hamlet. Or like a whale?

Polonius. Very like a whale.

(Hamlet, 3. 2. 393)

哈姆雷特：你看見那朵雲嗎？形狀幾乎像一隻駱駝。

波隆尼爾：可不是，真像一隻駱駝。

哈姆雷特：我又覺得像一隻黃鼠狼。

波隆尼爾：那個背是像一隻黃鼠狼。

哈姆雷特：或是像一條鯨魚？

波隆尼爾：很像一條鯨魚。

（哈姆雷特，3. 2. 393）

　　波隆尼爾來叫哈姆雷特「殿下，王后要和你說話，請立刻就去」，而哈姆雷特並不回答，開始以雲的問答來唬弄他，波隆尼爾以為對方是瘋子因而要適切地對待，實際上卻被痛快地耍弄了。又，當時劇場的正面池座上是青空，因而實際上還可以看到真正的雲。

195

I will speak daggers to her, but use none.

我向她說如刀子般苛刻的話，但是不動刀。

（哈姆雷特，3. 2. 414）

哈姆雷特所言，是在告訴自己，嚴厲苛責母親，但是不採實際行動。"speak daggers"是為與眾不同的表現方式。由這句可衍生出"look daggers"（怒目相視）這樣一句。

196

O, what form of prayer
Can serve my turn? 'Forgive me my foul murder'?
That cannot be: since I am still possess'd
Of those effects for which I did the murder,
My crown, mine own ambition, and my queen.

啊！怎樣的禱告才能合我用呢？「饒恕我卑劣的殺人罪」這是不能的。因為我由暗殺人而得來的東西，我至今仍未放棄，我的王冠、我的野心、我的王后。

（哈姆雷特，3. 3. 51）

克勞底阿斯對不欲人知之罪感到惶恐不安，而向神禱告。此時，哈姆雷特進來，但卻因「現在就殺了他，他的魂就可以去上天」而暫時打消殺他的念頭。劇中只有這一處，克勞底阿斯獲得我們的同情。又，根據其語順，對克勞底阿斯而言，王冠和野心（王位）比王后重

要。鬼魂亦曾說在睡夢中……我的性命，我的王冠，我的王后，瞬間
飛逝。（1，5，74）

197

I must be cruel, only to be kind.

我說話必須嚴厲，才會有益處。

（哈姆雷特，3. 4. 178）

其意為「為你好，才不得不說得如此嚴厲」。

198

How should I your true love know

From another one?

By his cockle hat and staff,

And his sandal shoon.

He is dead and gone, lady,

He is dead and gone;

At his head a grass-green turf,

At his heels a stone.

White his shroud as the mountain snow,
Larded with sweet flowers,
Which bewept to the grave did go
With true-love showers.

(Hamlet, 4. 5. 23)

誰是你的真情郎，我該怎麼辨別呢？
記取他的海扇帽、枴杖、和草鞋一雙。

他已經死了，我的姑娘，
他死了不能再來，
他頭上有青苔，
腳底下有塊石碑。

壽衣白似山頭雪，
裝飾著鮮艷的花，
無人哀悼下了墳墓，

也沒有情淚像雨似灑著。

（哈姆雷特，4. 5. 23）

　　歐菲莉亞所唱的歌。"shoon"是為古語的鞋子。"ahrch"的先行詞是"his shroud"。亦譯「覆蓋在棺木上的衣物」便是"shnoud"。又，原詩的腳頭，以當時的發音來說，與此譯文有些許不同。第三段的舊版為"to the graoe did notg"波普將"not"簡略而成"didgo"。現在"did not go"的說法較多。」也有人譯「沒去墳墓哀悼」這是說波隆尼爾沒有舉行正式的葬禮，不準的韻律亦是符合發痛的歐菲莉亞。歐菲莉亞心中浮現出死去的父親和遠赴他處的哈姆雷特之重疊影像。

<h1 align="center">199</h1>

Come, my coach! Good night, ladies, good night, sweet ladies; good night, good night.

來吧！我的馬車！——晚安，各位。晚安，各位。再會了。再會了。

（哈姆雷特，4. 5. 72）

　　發了瘋的歐菲莉亞所言。「宛如哈姆雷特王子的新娘，卻無王后的架勢」。劇作家、文藝批評家艾略特的「荒地」的「西洋棋的玩

法」中有「晚安，各位夫人。晚安，夫人。再會了。再會了。」這樣
的相同句子。

200

When sorrows come, they come not single spies,

But in battalions.

哀傷來的時候，不是單一騎兵，而是成群的大隊。

（哈姆雷特，4. 5. 78）

國王所言。意指波隆尼爾之死，緊接著即是歐菲莉亞發瘋。
"spies"和"battalions"為軍中用語。

201

O rose of May!

Dear maid, kind sister, sweet Ophelia!

啊！五月的玫瑰！

親愛的姑娘，溫柔和善的妹妹、美麗的歐菲莉亞！

（哈姆雷特，4. 5. 157）

賴爾帝斯叫喚他那發瘋的妹妹。

202

There is a willow grows aslant a brook, . . .

There with fantastic garlands did she come . . .

There, on the pendent boughs her coronet weeds

Clambering to hang, an envious sliver broke;

When down her weedy trophies and herself

Fell in the weeping brook. Her clothes spread wide:

And, mermaid-like, awhile they bore her up:

Which time she chanted snatches of old tunes.

小河邊上有一株斜長著的楊柳，…

她就來到那個地方，拿著一些奇異怪誕的花圈…

然後她爬上下垂的樹枝想去掛她的花圈，無情的樹枝斷了。

她的花圈和她自己都墜入了嗚咽的河流。她的衣服敞開、像
人魚似的，讓她浮上來一會兒；這時，她唱了幾句古歌。

（哈姆雷特，4.7.167）

葛楚德陳述歐菲莉亞的最後情形。「柳樹是失戀的象徵」。

203

Hamlet. Why was he sent into England?

1 Clown. Why, because he was mad: he shall recover his wits there; or, if he do not, it's no great matter there.

Hamlet. Why?

1 Clown. 'Twill not be seen in him there; there the men are as mad as he.

哈姆雷特：為什麼把王子送到英格蘭去了？

丑角甲：因為他瘋了，在那裏他會把瘋病治好的。若治不好，在那裏也無關緊要。

哈姆雷特：為什麼？

丑角甲：因為在那裏他們看不出他瘋。那裏的人都和他一樣的瘋。

（哈姆雷特，5.1.163）

　　哈姆雷特和挖墓的人之間的對話。挖墓的不知對方就是王子。對於「英國人全都是瘋子」，英國的觀眾該會覺得好笑吧！

204

Alas, poor Yorick!

嗳呀！可憐的約利克！

（哈姆雷特，5. 1. 203）

　　哈姆雷特聽到挖墓的所挖出來的骷髏是弄臣約利克時，所說的話。哈姆雷特小時候曾被約利克背過上千回。史丹勞倫斯的「德利斯特拉姆·夏登」亦有出現約利克墓碑上所有的「嗳呀！可憐的約利克」的碑銘。

205

Lay her i' the earth:

And from her fair and unpolluted flesh

May violets spring!

讓她入土為安吧！

——從她美麗純潔的肉體上會生長出紫羅蘭。

（哈姆雷特，5. 1. 261）

　　賴爾帝斯所言。紫羅蘭才是最能與歐菲莉亞相襯的花。

206

Sweets to the sweet: farewell!

香花投送給美人。永別了！

（哈姆雷特，5. 1. 266）

葛楚德向歐菲莉亞的墓撒花時所說的話。

207

I loved Ophelia: forty thousand brothers

Could not, with all their quantity of love,

Make up my sum.

我愛歐菲莉亞。四萬個弟兄的愛加起來也抵不上我對她的愛。

（哈姆雷特，5. 1. 292）

圍繞在歐菲莉亞墓旁。哈姆雷特將他對歐菲莉亞的愛和賴爾帝斯對歐菲莉亞的愛相比較。「四萬人」的比喻挺有趣。

208

There's a special providence in the fall of a sparrow. If it be now,

'tis not to come; if it be not to come, it will be now; if it be not now, yet it will come: the readiness is all.

一隻麻雀之死，也是天命。命中註定是在現在，便不能延到將來。如不在將來，必是在現在；如不在現在，將來總會來的；最好是聽天由命。

（哈姆雷特，5. 2. 230）

在戰鬥前，哈姆雷特說「總覺得心裏不知怎麼地難過」何瑞修則回答「你心裏若不願做那件事，就別勉強了」，而哈姆雷特針對此所做的回答。「馬太傳」中有 "Are not two sparrows sold for a farthing?"And one of them shall not fall on the ground without your father. （這兩隻麻雀一文不值嗎？）若非你父親，他們之一不會掉下地來。

209

Drink off this potion. Is thy union here?
喝下這杯酒吧！你的珍珠在這裏面吧？

（哈姆雷特，5. 2. 337）

哈姆電特將放了毒的酒灌入克勞底阿斯的口中時所說的話。"union"意指「珍珠」，是指克勞底阿斯說「是珍珠」而將毒藥放入

酒中之事。此字又有「聯合」之意。此為瀟灑而得意的哈姆雷特最後
的傑作。

210

The rest is silence.

沒有別的可說了。

（哈姆雷特，5. 2. 369）

　　看父親報了仇以及和賴爾帝斯和解後，嚥下最後一口氣時，哈姆
雷特所說的話。這個地方，在第一版對摺本中，是為"The res is
science"。而在第一版四開本中的哈姆雷特死前所言為"Farewell
Horatio, heaven receive my soul.?"（再會了，何瑞修！天國會收留我
的靈魂的）

211

Now cracks a noble heart. Good-night, sweet prince;

And flights of angels sing thee to thy rest!

現在碎了一顆英雄的心。永別了，親愛的殿下。願天使們歌
唱著引送你安息。

（哈姆雷特，5. 2. 370）

哈姆雷特嚥下最後一口氣之後，何瑞修所言。

212

Let four captains

Bear Hamlet, like a soldier, to the stage;

For he was likely, had he been put on,

To have proved most royally: and, for his passage,

The soldiers' music and the rites of war

Speak loudly for him.

叫四名營長把哈姆雷特像軍人一般枱到壇上；因為他若有機會一試，必定是個蓋世的英明君主，如今他死了，當以奏軍樂、放禮炮為他發喪，使世人知曉。

（哈姆雷特，5. 2. 406）

浮廷布拉斯總結此劇之語。對何瑞修而言，哈姆雷特是「親愛的王子」，對浮廷布拉斯來說（他本身是軍人）是為「軍人」。"for him"之後有稍停頓。

213

Women are angels, wooing:

Things won are done.

女人被追求時是天仙，

東西到手就算完了。

（特洛伊羅斯與克瑞西達，1.2.312）

　　雖對特洛伊羅斯有意，但卻故意表示冷淡的克瑞西達所言。深知男人心意的女性。"won"和"done"押韻。

214

The heavens themselves, the planets and this centre

Observe degree, priority and place,

Insisture, course, proportion, season, form,

Office and custom, in all line of order.

天體本身、星辰，以及為宇宙中心的這個地球都有條不紊地謹守階級、順序、地位、規律、軌跡、均衡、季節、形式、職務與習慣。

（特洛伊羅斯與克瑞西達，1.3.85）

　　希臘的足智多謀的將軍尤利賽斯憂心希臘營地紊亂的秩序，而所說的秩序論之一部分。"degree"以下一一出現各個單字的方式，蠻趣味的。

215

She is a pearl,

Whose price hath launch'd above a thousand ships,

And turn'd crown'd kings to merchants.

她是一顆珍珠，她的價值使得一千隻以上的艦艇下海，使得無數的國王成了航海商人。

（特洛伊羅斯與克瑞西達，2. 2. 81）

　　意指特洛伊羅是傾國之美女海倫。又，這或許對馬洛的「福茲達斯博士」中所出現的那句有影響。「這不是使千艘艦艇出海，使特洛伊那望不見頂的高樓燃燒的臉蛋嗎？」。

216

I am giddy; expectation whirls me round.

The imaginary relish is so sweet

That it enchants my sense.

我頭暈，期待把我弄得團團轉。想像中的美味是太甜蜜了，竟陶醉了我的感覺。

（特洛伊羅斯與克瑞西達，3.2.19）

特洛伊羅斯在與所愛的克瑞西達會面前所說的話。

217

Will you walk in, my lord?

你願進來嗎？殿下。

（特洛伊羅斯與克瑞西達，3. 2. 107）

克瑞西達對所愛戀的特洛伊羅斯說的話。這幾句並不能完全表現出克瑞西達的性格。

218

To be wise and love

Exceeds man's might; that dwells with gods above.

因為既聰明而又戀愛不是普通人能作得到的事，只有天神才辦得到。

（特洛伊羅斯與克瑞西達，3. 2. 163）

　　克瑞西達向特洛伊羅斯所言。"man"和"might"押頭韻"love"和"above"押韻腳。

219

If ever you prove false one to another, . . . let all constant men be [called] Troiluses, all false women Cressids, and all brokers-between Pandars!

萬一有一天你們對彼此變心了，⋯所有的忠實男子都喚作脫愛勒斯，所有不忠貞的女子都喚作克瑞西達，所有的媒人都喚作潘達勒斯吧！

（特洛伊羅與克瑞西達，3. 2. 206）

　　身為特洛伊羅及克瑞西達的媒人的潘達勒斯對兩人所說的話。後來果真變得如此了。

220

One touch of nature makes the world kin,

That all with one consent praise new-born gawds.

全世界的人類的天性有一共同傾向，

大家都異口同聲地讚美新奇的玩意兒。

（特洛伊羅與克瑞西達，3.3.175）

尤利賽斯感嘆人心易變。前一行離題了，被用作是「全世界的人若互通聲氣則均成親屬了」。又，「茲佩克帝達」中，「全世界的人有一通性，既是排斥猶太人」，尤其是歐洲，有這樣一句。

221

There's language in her eye, her cheek, her lip,

Nay, her foot speaks.

她的眼睛、她的臉龐、她的嘴唇都能傳情，

不，甚至她的腳都會說話。

（特洛伊羅與克瑞西達，4.5.55）

尤利賽斯描述克瑞西達性感的模樣。「她的腳也會說話」挺富趣味的。

222

The end crowns all.

一切要看結局。

（特洛伊羅與克瑞西達，4. 5. 224）

赫克特向尤利賽斯說明特洛伊羅和希臘兩軍隊的命運。亦可說 "all is well that ends well!"（一切將會美好，當結局善了時）。

223

O beauty! Where is thy faith?

啊！美人兒，你的忠誠到那兒去了？

（特洛伊羅與克瑞西達，5. 2. 67）

特洛伊羅見到自己以前的戀人忘了自己，而與希臘的勇士戴奧密地斯嬉戲的克瑞西達時，不禁感嘆。

224

Troilus, farewell! One eye yet looks on thee;
But with my heart the other eye doth see.
Ah, poor our sex!

特洛伊羅，別了！一隻眼睛仍向你望著，而另一隻隨著我的心而轉向別方。啊！可憐的女性。

（特洛伊羅與克瑞西達，5. 2. 108）

　　克瑞西達的獨白。真是栩栩如生。"thee"和"see"押韻。

225

Think, we had mothers.

請想一下，我們都有母親。

（特洛伊羅與克瑞西達，5. 2. 130）

　　特洛伊羅唯恐因克瑞西達的背叛，而毀謗了全體女性。

226

This is, and is not, Cressid.

這是克瑞西達，這又不是克瑞西達。

（特洛伊羅與克瑞西達，5. 2. 146）

　　特洛伊羅對背叛自己的克瑞西達的判決。雖是在肉體上和以前相同的克瑞西達，卻在精神方面變得和以前完全不同的克瑞西達。

227

Love all, trust a few,

Do wrong to none.

對眾人親愛，對少數人推心置腹，對任何人不要有虧負。

（終成眷屬，1. 1. 73）

　　羅西昂伯爵夫人訓誡其將出門的兒子勃特拉姆。由「所有的」轉變成「少數」再變成「沒有任何一個」挺有趣味。

228

A young man married is a man that's marr'd.

一個結了婚的青年是無用的。

（終成眷屬，2. 3. 315）

　　帕洛利茲附和不願結婚的勃特拉姆。有"married"和"marrd"之俏皮語。

229

The web of our life is a mingled yarn, good and ill together.

我們的一生就像是一張用善惡的絲線交錯織成的網。

貴族甲評論勃特拉姆的行為。關於「我們一生之網」的冥想，請參照「命運三女神編織、裁剪測量那生命之絲。」在莎士比亞作品之中，屢屢出現無名小卒評論主角們的行為，而口出名言。

230

Praising what is lost

Makes the remembrance dear.

讚美已失去的事物，使它在記憶中格外顯得可愛。

（終成眷屬，5.3.19）

國王對以為海麗娜已死而在讚美她的拉佛所說的話。因此句已離題，視為普通用法。

231

Some rise by sin, and some by virtue fall.

有些人從罪惡叢中逃走，而消遙法外；有些人卻因偶一失足而墜入法網。

（惡有惡報，2.1.38）

艾斯克勒斯所言。真是尖酸刻薄之語。請留意"rise"（A）"by sin"（B）－"by virtue"（B）"fal"（A）之語順。

232

The miserable have no other medicine
But only hope.

苦難的人除了希望以外無其他藥物。

（惡有惡報，3. 1. 2）

在獄中的克勞底歐所言。「藥」的說法頗有趣。

233

If I must die,
I will encounter darkness as a bride,
And hug it in mine arms.

如果我必須死，

我會投奔黑暗如迎新娘，

把它擁抱在我的懷裏。

（惡有惡報，3. 1. 83）

因姦淫罪而被判死刑的克勞底歐對其姐尹薩百拉所說的話。但是隨即又小聲地從這口中說出「死是可怕的」挺富趣味。

234

Some reports a sea-maid spawned him; some, that he was begot between two stock-fishes. But it is certain that when he makes water his urine is congealed ice.

有人說他是人魚所生的；有人說他是兩條乾鱈魚生下來的。不過，他小便的時候，他的尿都凝結成冰，那倒是真的。

（惡有惡報，3. 2. 115）

陸希歐在說冷血動物安哲婁之事。頗新奇的。

235

They say, best men are moulded out of faults,

And, for the most, become much more the better

For being a little bad.

不管多好的人也是從過錯中鍛煉出來的，大多數的人都是有一些過失，然後變得格外的好。

（惡有惡報，5. 1. 444）

　　瑪利安娜為她丈夫申辯，亦是莎士比亞的人類論。參照關於對安東尼的說法「天神們啊！你們總是要給我們一些缺點，好使我們成為凡人」。（見376）

236

What's mine is yours and what is yours is mine.

我的屬於你的，你的屬於我的。

（惡有惡報，5. 1. 543）

　　公爵向伊薩百拉求婚的話。第一次「縮寫」而第二次用正常寫法，是因為韻律的關係。

237

In following him, I follow but myself.

我跟隨他，而正是跟隨著我自己呢！

（奧賽羅，1. 1. 58）

　　依阿古向洛德里高所說的話。「他」是指奧賽羅。這明顯的可看

出依阿高的戰略。

238

I am not what I am.

我並不是像我表面上這樣的一個人。

（奧賽羅，1. 1. 65）

　　這也是依阿古對洛德里高所說的話。

239

Brabantio.　Thou art a villain.

Iago.　　You are —— a senator.

布拉班希歐：你是一個下流的東西。

依阿古：你是——一個元老。

（奧賽羅，1. 1. 119）

　　夜裏，苔絲狄蒙娜的父親布拉班希歐硬是被睡夢中叫醒，依阿古告訴他，他的女兒跟一個黑皮膚的摩爾人私奔了。說了「你是」，一方面使人期待，突顯其意外，再說出理所當然的話「一位元老」頗有趣味。亦有"You are a — sentor"或"You are a sentor"的版本。塔那的

「無神論者的悲劇」中，父親說：「你是個下賤的東西」，而兒子是說「你是我父親」。

240

Who would be a father!

誰要做一個父親！

（奧賽羅，1.1.165）

　　布拉班希歐感嘆女兒私自和摩爾人結婚。而向洛德里高所發的勞騷。

241

'Tis better as it is.

還是隨他去好一些。

（奧賽羅，1.2.6）

　　依阿古對奧賽羅說要謀殺壞心眼的洛德里高時，奧賽羅的回答。藉著這第一聲，強調奧賽羅的冷靜、威嚴的態度。

242

Keep up your bright swords, for the dew will rust them.

把你們那光亮的劍收起來吧！沾了露水是會生銹的。

（奧賽羅，1. 2. 59）

　　為洛德里高帶領而來的布拉班希歐和其部下們拔劍脅迫奧賽羅，而依阿古等奧賽羅的部下們亦拔劍欲與之對抗時，奧賽羅所說的話。

243

She wish'd

That heaven had made her such a man.

她願上天給她這樣的一個丈夫。

（奧賽羅，1. 3. 162）

　　奧賽羅在元老院的元老們面前，敘述如何獲得苔絲狄蒙娜的愛的經過之中的一句。他轉述當他向苔絲狄蒙娜談述自己的冒險經歷後，她所說的話。上所譯是把"her"解釋成「將她」，而若解釋成「給她」的話，就變成是「想要邂逅這樣的男子」了。我想，苔絲狄蒙娜或許亦有此意。

244

I do perceive here a divided duty.

我看出我現在有兩方面的義務。

（奧賽羅，1.3.181）

苔絲狄蒙娜在元老院的證詞。所謂兩方面的義務是指對父親及對丈夫的義務而言。

245

I saw Othello's visage in his mind.

在他的心裏我看見了奧賽羅的相貌。

（奧賽羅，1.3.253）

接續苔絲狄蒙娜在元老院的證言，臉雖是黑的，但是心靈卻是純潔的。又，在這齣戲中，依阿古是臉白而心是狠毒的，苔絲狄蒙娜則是心如臉蛋一般純潔無瑕。

246

Roderigo. What will I so, thinkest thou?
Iago. Why, go to bed, and sleep.

洛德里高：你認為我該怎麼辦？

依阿古：怎麼，上牀睡覺去啊！

（奧賽羅，1.3.304）

　　知曉自己所深愛的苔絲狄蒙娜已經和奧賽羅結婚的洛德里高和依
阿古的對話。「（這個依阿古的回答）幾乎沒啥特別的字眼，但是，
卻更能完全表現出其人之個性，以及能緩和當場的氣氛。」

247

Our bodies are our gardens, to the which our wills are gardeners.

我們的身體好比是花園，我們的意志便是那園丁了。

（奧賽羅，1.3.323）

　　依阿古對意志薄弱的洛德里高所說的話。心想則事成。

248

Put money in thy purse.

把錢放在你口袋裏。

（奧賽羅，1.3.345）

　　依阿古建議洛德里高跟隨苔絲狄蒙娜之後去塞普勒斯島。「多籌措一些錢」——然後，由我領受。依阿古將這句猶如咒語似的重複了十次之多。遲鈍的洛德里高果真接受了這個建議，口袋裝滿了錢，而前往賽普勒斯島，結果被依阿古不斷狠狠地壓榨，終場被視為是眸腳石而被殺。

249

I am nothing, if not critical.

除了挑剔之外，我什麼也不會。

（奧賽羅，2. 1. 120）

　　依阿古對苔絲狄蒙娜所言。「刀子口豆腐心」是個幌子罷了。"nothing if not"是莎士比亞首創。相當好用的句型。如"He was nothing if not discreet"他除了言行謹慎外，什麼也不會（亨利珍妮：一個女人的肖像）。

250

If it were now to die,

Twere now to be most happy.

縱然是現在是要死的，

現在還是最幸福的時候。

（奧賽羅，2.1.191）

因暴風雨使得船分散了，但結果卻能在塞普勒斯島上和平安無事的苔絲狄蒙娜再度相會，奧賽羅欣喜若狂地說著。不久之後，證明這是真的。頗為戲劇性的諷刺手法。

251

Do not think, gentlemen, I am drunk: this is my ancient; this is my right hand, and this is my left: I am not drunk now; I can stand well enough, and speak well enough.

先生們，你們不要以為我醉了。這是我的旗手，這是我的右手，這是我的左手。我現在沒有醉，我能站得好好的，也能好好地說話。

（奧賽羅，2.3.118）

卡希歐被依阿古灌醉時所說的話。所謂旗手是指依阿古。舉起右手，說「這是右手」，舉起左手，說「這是左手」這二個表現方式值得深思。

252

Men are men; the best sometimes forget.

人究竟是人，再偉大的人也難免有忘形的時候。

（奧賽羅，2. 3. 241）

　　依阿古袒護因喝酒醉而怠忽職守，以致於發生事情的卡希歐，而向奧賽羅所說的話。

253

I think you think I love you.

我想你認為我是愛你的吧！

（奧賽羅，2. 3. 315）

　　依阿古對卡希歐所言，但是實際上，內心卻隱藏著諷刺的意味。

254

Iago. Ha! I like not that.

Othello. What dost thou say?

Iago. Nothing, my lord: or if —— I know not what.

Othello. Was not that Cassio parted from my wife?

Iago. Cassio, my lord! No, sure, I cannot think it,

That he would steal away so guilty-like,

Seeing you coming.

Othello. I do believe 'twas he.

依阿古：哈！我不喜歡這樣子。

奧賽羅：你說什麼？

依阿古：沒說什麼，將軍。或者假如——我不知怎樣說。

奧賽羅：才和我的妻分手的不是卡希歐嗎？

依阿古：卡希歐？將軍，不會是的，一定不是，我不能這樣
　　　　料想，見你來，他會那樣地虛心膽怯地逃跑。

奧賽羅：我想一定是他。

（奧賽羅，3.3.34）

　　依阿古開始誘導戰略。其為在平靜的水面上，投入一顆小石子，
不久將衍生至狂濤怒浪。一句彷彿要說破的話語，而且再加上欲以包
庇卡希歐的說法，讓自己否定而使對方趨於肯定的作法，更加強奧賽
羅的疑慮。

255

Othello. Is he not honest?

Iago. Honest, my lord!

Othello. Honest! ay, honest.

Iago. My lord, for aught I know.

Othello. What dost thou think?

Iago. Think, my lord!

Othello. Think, my lord!

By heaven, he echoes me,

As if there were some monster in his thought

Too hideous to be shown.

奧賽羅：那個男人他不誠實嗎？

依阿古：誠實，將軍？

奧賽羅：誠實呀！是，誠實！

依阿古：就我所知，將軍，倒沒有什麼不誠實。

奧賽羅：據你猜想呢？

依阿古：猜想嗎？將軍！

奧賽羅：猜想嗎？將軍！唉！他一句一句儘是模倣著我的語
氣，好像他心裏懷著什麼鬼胎，不好吐露似的。

接續以上依阿古的誘導戰略，他的計策正一步步邁向成功。再三重複奧賽羅的話是具有效果的。有關於「誠實」的注解，請參照（216）

256

Iago. For Michael Cassio,

　　I dare be sworn I think that he is honest.

Othello. I think so too.

Iago. Men should be what they seem.

依阿古：講到邁克爾卡希歐，

　　我敢賭咒我想他是誠實的。

奧賽羅：我也是這樣想的。

依阿古：人應該是和外表態度一致的。

（奧賽羅，3.3.124）

複習以上的對話。雖「我敢賭咒」以強烈語氣說的，但是「我想」卻降為弱音，此為依阿古式的說法。而「人應該是和外表態度一致的」像是在說他自己的事，極富諷刺。

257

Who steals my purse steals trash.

偷我的錢袋的人不過是偷去一把臭銅錢的下賤小偷。

（奧賽羅，3. 3. 157）

依阿古對奧賽羅所言。金錢是轉遍了世界，只是擁有者換了而已。接著更持續其論調「但是他若奪去我的名譽，才是真正的大盜。」

258

O, beware, my lord, of jealousy;

It is the green-eyed monster which doth mock

The meat it feeds on.

哦！將軍！要當心嫉妒，嫉妒是一個青眼睛的妖怪，是最會戲弄它所要吞噬的人心。

（奧賽羅，3. 3. 165）

依阿古對奧賽羅所言。依阿古的戰術就是他雖對奧賽羅說「要當心！」但是，卻一直在搧動奧賽羅的嫉妒。

259

Poor and content is rich and rich enough.

安貧便是富，而且還是富得可以。

（奧賽羅，3. 3. 172）

　　依阿古對奧賽羅所言。是為接續「雖明知自己戴了綠帽子，而能認命，亦可過幸福的日子」。

260

Farewell the tranquil mind! farewell content!

Farewell the plumed troop, and the big wars,

That make ambition virtue! O farewell!

Farewell the neighing steed, and the shrill trump, . . .

Farewell! Othello's occupation's gone.

永別了！安寧的心境；永別了！滿足；永別了！使野心成為美德的羽軍和大戰！啊！永別了，嘶鳴的戰馬，銳聲的喇叭…永別了！奧賽羅的生涯是斷送了！

（奧賽羅，3. 3. 348）

　　奧賽羅感嘆著他已確信妻子的不貞，榮譽的軍人生涯至此已被迫

莎士比亞經典名句

結束了。又，像這樣以同樣的語詞始於各句之頭，叫做「首句反複」。

261

I think my wife be honest and think she is not.

我以為我的妻是貞潔的，卻又以為她是不貞潔的了。

（奧賽羅，3. 3. 384）

奧賽羅所言。這是在說明他被蠱惑的心。請留意其先以"be"（表示觀念上）而後說明"is"（表示事實）的方式。又"honest"是為此齣戲劇的關鍵字，而對卡希歐來說是「誠實」，對苔絲狄蒙娜來說是「貞節」，對依阿古而言是「誠實」「正直」。此齣戲劇中，"honest"和"honesty"的數目竟有 52 個。

262

Like to the Pontic sea,

Whose icy current and compulsive course

Ne'er feels retiring ebb, but keeps due on

To the Propontic and the Hellespont,

Even so my bloody thoughts, with violent pace,

Shall ne'er look back, ne'er ebb to humble love.

就像是那黑海的寒流激湍，永不退潮，直入瑪摩拉海和韃靼

海峽，饑渴於我的血的心，也同樣地勇往直前，義無反顧，

永不再沉溺於柔情。

（奧賽羅，3. 3. 453）

　　奧賽羅發誓要報仇。如"Pontic"、"Propontic"、"Hellespont"等固

有名詞頗具效果。亦能表現出滔滔不絕地湍急流水的樣子。

263

We must think men are not gods.

不要以為男人都是神仙。

（奧賽羅，3. 4. 148）

　　苔絲狄蒙娜所言。不知奧賽羅為嫉妒所惑，而嚴厲對待自己的妻

子的苔絲狄蒙娜為奧賽羅申辯，說他是因國事而操煩，心急才遷怒於

她的。因已離題，將「男人」和「人類」調換亦可。

264

They are not ever jealous for the cause,

But jealous for they are jealous.

多疑嫉妒的人不是因什麼原因而疑嫉，

只是因為自己多疑而生疑的。

（奧賽羅，3. 4. 160）

伊米利亞對苔絲狄蒙娜所言。

265

Cassio. Not that I love you not.

Bianca. But that you do not love me.

卡希歐：不是因為我不喜歡你。

畢安卡：而是因為你不愛我。

（奧賽羅，3. 4. 196）

卡希歐不想讓別人看見和女人在一起，因而和情婦畢安卡的對話。
畢安卡亦是有兩下子的人。上述的譯文並不能充分表現出原文的詼諧。

266

Lodovico. How does Lieutenant Cassio?

Iago. Lives, sir.

羅多維科：卡希歐副官可好？

依阿古：活著呢！先生。

（奧賽羅，4. 1. 234）

　　從本國來到塞普勒斯島的羅多維科和依阿古之間的對話。「活著呢！」——是指現在，而在一小時後「不該再活著」——此為依阿高的計劃。沒有主詞僅有動詞頗有趣味。（351）

267

It is the cause, it is the cause, my soul, ——

Let me not name it to you, you chaste stars! ——

It is the cause. Yet I'll not shed her blood;

Nor scar that whiter skin of hers than snow,

And smooth as monumental alabaster.

是有理由的，是有理由的，我的靈魂喲！貞潔的星辰，別讓我訴說給你聽！這是有理由的。但是我不令她流血，我也不

在她那比雪還白和石膏像一樣平滑的皮膚上劃出傷痕。

（奧賽羅，5. 2. 1）

奧賽羅下定決心要殺害妻子而進入寢室。手上拿著的一盞燈所照射的他的臉顯示出「異常的平靜」，而這些話演奏著「奧賽羅樂曲」。「這」意指妻子之「姦淫」。「貞潔的星辰」的說法是因星辰可視為貞潔女神月亮之侍女。又，演員費依達檢起自苔絲狄蒙娜手中掉落的化粧鏡，見到鏡中的自己所說的話。總之，自己變了色的臉是為其一切的原因之所在。

268

Put out the light, and then put out the light.

熄滅了燈火，然後再撲滅生命的火。

（奧賽羅，5. 2. 7）

奧賽羅所言。最初的亮光是燈光，而後的光是為苔絲狄蒙娜的生命之光。之所以要先熄滅燈火是為了不使苔絲狄蒙娜的美麗，而影響他打消了殺意。

269

Have you pray'd to-night, Desdemona?

苔絲狄蒙娜，你今天祈禱過了沒有。

（奧賽羅，5. 2. 25）

　　奧賽羅對睜開眼睛的苔絲狄蒙娜所言。趁未禱告之前，將其殺害，則靈魂必墜入地獄。深愛妻子的奧賽羅是希望她的靈魂能前往天國。他是憎恨其罪惡而非憎恨人。與這相反的，哈姆雷特卻希望克勞底阿斯的靈魂墜下地獄，因而在他祈禱時殺他。

270

Othello.　Think on thy sins.

Desdemona.　They are loves I bear to you.

奧賽羅：想想你的罪惡吧！

苔絲狄蒙娜：那只是我對你的愛情。

（奧賽羅，5. 2. 40）

　　奧賽羅夫婦之間悲痛的對話。

莎士比亞經典名句

271

Emilia. O, who hath done this deed?

Desdemona. Nobody; I myself. Farewell:

Commend me to my kind lord: O, farewell! [*Dies.*

愛米利亞：啊！是誰下的毒手？

苔絲狄蒙娜：沒有誰，是我；永別了；替我向我丈夫致意！
啊！永別了。「死」。

（奧賽羅，5. 2. 123）

這是苔絲狄蒙娜最後的遺言。有著無限地愛意，無限地寬容。

272

Here is my journey's end, here is my butt,

And very sea-mark of my utmost sail.

這裏是我的旅途的終點，這是我的目的地，是我最遠的航程
的標誌。

（奧賽羅，5. 2. 267）

奧賽羅知曉所有的事後的感概。旅遊的冥想。（422）

莎士比亞經典名句

273

One that loved not wisely but too well.

用情不明而又用情太過的男子。

（奧賽羅，5. 2. 343）

奧賽羅的自我診斷。

274

I kiss'd thee ere I kill'd thee: no way but this;

Killing myself, to die upon a kiss.

我在殺你之前，我已吻了你。除此之外沒無他法。我自殺而後死在你的吻上。（倒於苔絲狄蒙娜身上，死。）

（奧賽羅，5. 2. 358）

最後的奧賽羅。"this"和"kiss"的押韻表現出愛情的完結性。

275

Men shut their doors against a setting sun.

人們對於一個沒落的太陽是會閉門不納的。

（雅典的泰門，1. 2. 150）

艾帕曼特斯所言。是說泰門有錢時，蜂擁而聚集上門的人們，在泰門貧窮後，馬上就變得冷淡而不再靠近。

276

Varro's Servant. Thou art not altogether a fool.

Fool. Nor thou altogether a wise man.

凡羅家僕人：你倒不完全是個傻瓜。

丑角：你也不完全是個聰明人。

（雅典的泰門，2. 2. 122）

　　莎士比亞作品中，常見的賢愚對話。「傻瓜」和「丑角」均是同一字"fool"，因而這趣味性無法充分表現在這譯文上。

277

What shall Cordelia speak? Love, and be silent.

寇蒂莉亞要怎麼說呢？心裏雖敬愛，但卻不多說。

（李爾王，1. 1. 63）

　　寇蒂莉亞聽到為博取父親的歡心，姐姐葛奈莉亞說出違心的話語時的旁白。藉著這一聲，明確地打出寇蒂莉亞的悲劇的主調。因「不

說話」而發生了悲劇。又，將"speak"寫成"do"的版本也有。

278

Lear. What can you say to draw

　　A third more opulent than your sisters'? Speak.

Cordelia. Nothing, my lord.

Lear. Nothing!

Cordelia. Nothing.

Lear. Nothing will come of nothing.

李爾王：你有什麼可說的，可以贏得比你姐姐們的更為豐美
　　　　的三分之一呢？

寇蒂莉亞：沒有什麼可說的，父王。

李爾王：沒有什麼？

寇蒂莉亞：沒有什麼！

李爾王：你不說，我便不給。

（李爾王，1. 1. 87）

　　告知悲劇開端的父女對話。期待他最鐘愛的小女兒愉悅的回答的
父親聽到如此令人洩氣的話，頓時愕然說不出話來。「沒有什麼，父

王」之後的停頓顯示其衝擊之大。下一個「沒有什麼」之後的停頓亦是。雖然如此，寇蒂莉亞仍保持她的誠實。雖然她原本就話少，但是再加上一層對姐姐們的反感，使得她更不願開口。清楚地表現出她那不能在適當的時機，說出令父親歡喜的話的悲劇性格。又，"nothing"是為這齣戲劇的關鍵語，出現了 32 回之多。

279

Lear. So young, and so untender?

Cordelia. So young, my lord, and true.

李爾王：如此年輕，竟如此頑固、狠心？

寇蒂莉亞：父王，是如此地年輕而又如此誠實。

（李爾王，1. 1. 108）

父親與女兒的對決。

280

The bow is bent and drawn, make from the shaft.

弓已引滿待發，儘早離開我的箭。

（李爾王，1. 1. 145）

李爾王對為寇蒂莉亞申辯的坎特所言。

281

Thou, nature, art my goddess; to thy law

My services are bound. . . .

. . . why brand they us

With base? . . .

Who, in the lusty stealth of nature, take

More composition and fierce quality

Than doth, within a dull, stale, tired bed,

Go to the creating a whole tribe of fops,

Got 'tween asleep and wake?

自然，你才是我的神明，我只服從你的法則，為什麼我要去
受社會所給予所謂「低賤」的烙印呢？…只因我是出自野性
情趣的幽會之際，承續了父母的血脈及勇猛的精力。難道不
能勝過那出自半睡半醒之際，在膩煩而敷衍了事之中的蠢材
嗎？

（李爾王，1.2.1）

　　生為「私生子」的「天賦兒」的愛德蒙正高唱那可說是「私生子宣言」的詞語。愛德蒙雖是令人可憎的惡徒，一聽到這裏，我們不禁想為他喝采！"nature"是為在劇中出現 38 次的重要詞語。

282

Lear.　Who is it that can tell me who I am?

Fool.　Lear's shadow.

李爾王：誰能告訴我我是誰？

弄臣：李爾的影子。

（李爾王，1. 4. 250）

　　遭女兒冷漠看待的李爾王懷疑自己到底是誰而向弄臣詢問。弄臣的回答雖是「失去王國的你，只不過是喪失實體的影子罷了」，但是亦能取其「你問你是誰，你只是影子罷了！」之意。

283

Fool. The reason why the seven stars are no more than seven is a
　　　pretty reason.

Lear. Because they are not eight?

弄臣：何以「金牛七星」不多於七顆星，這是很有一番道理
　　的。

李爾王：因為他們不是八個吧！

（李爾王，1.5.38）

　　李爾王已深為弄臣所影響，能以幽默的方式對答。「七顆星」是
為「金牛星座的星團」。

284

Draw, you rogue: for, though it be night, yet the moon shines; I'll
make a sop o'the moonshine of you: draw, you whoreson
cullionly barber-monger, draw!

拔劍吧！你這流氓，雖然現在是黑夜，但月色正明，我要把你
打個稀爛。拔劍啊！你這娼婦生的下賤的小白臉，拔劍呀！

（李爾王，2.2.33）

　　這是坎特向奧斯瓦挑釁的吆喝聲。「打個稀爛」之原文"a sop of
moonshine"文頗為特別。

285

Lear. I gave you all——

Regan. And in good time you gave it.

李爾王：我把一切都給了你們——

里根：並且給的正是時候。

（李爾王，2. 4. 253）

里根間刻不容緩間的回答，令人厭惡。

286

Rumble thy bellyful! Spit, fire! Spout, rain!

Nor rain, wind, thunder, fire, are my daughters:

I tax not you, you elements, with unkindness;

I never gave you kingdom, call'd you children.

肚子轆轆地響吧！雷火，噴吧！大雨，下吧！風雨雷電，你們都不是我的女兒，我不怪你們不孝順，我從沒把國土給你們，或叫過你們一聲孩子。

（李爾王，3. 2. 14）

李爾王在暴風雨的曠野中吼叫著。

287

I am a man

More sinn'd against than sinning.

我是個受害多過於害人的人。

（李爾王，3.2.59）

　　李爾王所言。在英國作家哈代的「黛絲姑娘」中，亦有「我承認你受害勝過於害人」。

288

My wits begin to turn.

Come on, my boy: how dost, my boy? art cold?

I am cold myself.

我的神志漸漸清醒了。來吧！孩子，你覺得怎麼樣；孩子？你冷嗎？我自己也冷了。

（李爾王，3.2.67）

　　神志異常清醒的李爾王對弄臣所言。多為單音節詞語。

289

The tempest in my mind

Doth from my senses take all feeling else

Save what beats there.

我心中的暴風雨使我的感官失去了一切的感覺，只覺得心中
苦惱。

（李爾王，3. 4. 12）

　　李爾王所言。身外的天然暴風雨及自己內心的暴風雨給李爾王的
感受。

290

Nay, get thee in. I'll pray and then I'll sleep.

不，你進去吧。我要祈禱，而後才去睡。

（李爾王，3. 4. 27）

　　為了躲避風暴，李爾王要弄臣進小屋去。全部為單音節語詞。

291

Unaccomodated man is no more but such a poor, bare, forked

animal as thou art.

若脫掉衣服，赤裸裸的人類，也不過是像你這樣的可憐的裸
體兩腳動物罷了。

（李爾王，3.4.111）

李爾王看見赤裸而假裝發了瘋的愛德加所言。此為對事物本體的
認識。

292

What is the cause of thunder?

雷是由何而來？

（李爾王，3.4.160）

李爾王目不轉睛，沉穩地向哲學家愛德加詢問這個最根本的問
題。

293

Lear. Make no noise, make no noise; draw the curtains: so, so,

so. We'll go to supper i' the morning. So, so, so.

Fool. And I ’ ll go to bed at noon.

李爾王：安靜，別作聲，把帳簾拉密來，好、好、好。我們
　　到早上再吃晚飯；好、好、好。
弄臣：那正午時分，我要去睡覺。

（李爾王，3. 6. 89）

　　此為瘋子和弄臣的奇特論調。此為弄臣最後的台詞，之後，再也
沒出現舞台之上。

294

I stumbled when I saw.
眼睛看得見的時候，我反倒栽了觔斗。

（李爾王，4. 1. 21）

　　遭康華爾公爵挖去眼睛的格勞斯特所言。他至今才知道自己錯
了，不該蔑視善良正直的愛德加，而誤信禽獸般的愛德蒙。這感嘆對
李爾王來說，亦十分合用。自發了瘋後，首度明白了這個真相。意指
在意志清楚之時，竟栽了觔斗。

295

The worst is not

So long as we can say 'This is the worst.'

我們還能說「這是最倒霉的了」，就是說真正最倒霉的還沒有到來。

（李爾王，4. 1. 29）

　　愛德加自己過著悲慘的生活，但是見到更為淒慘的父親時所說的話。

296

As flies to wanton boys, are we to the gods,

They kill us for their sport.

神對待我們，就如同頑童對待小蟲一般，他們鬧著玩似地就把我們殺了。

（李爾王，4. 1. 38）

　　格勞斯特所言。這個想法必須與愛德加「天神是公正的…」（見304）的感想互相對照思考才行。又，於哈代的「黛絲姑娘」中的終場時，告知黛絲的處決完畢後，作者接著所說的話亦參照一下。（The President of the Immortals（in Eschylean phrase） had ended his sport with Tess！）（眾神結束對黛絲的玩弄了——依斯丘拉士式的說

法）。

297

When we are born, we cry that we are come
To this great stage of fools.

我們初生時，我們便哭，因為我們來到了這個眾傻的大舞
台。

（李爾王，4. 6. 186）

發瘋的李爾王向瞎眼的格勞斯特所言。在莎士比亞作品中，將世界比擬成舞台的，相當多。（見114）

298

I am bound
Upon a wheel of fire, that mine own tears
Do scald like molten lead.

我是被綁在火輪上，而我自己的淚水，猶如熔化了的鉛燙燒
著我自己。

（李爾王，4. 7. 46）

在寇蒂莉亞的陣營中，自熟睡而醒來的李爾王以為是在死後的地獄中醒來。「火輪」是地獄及煉獄中，責罰罪人的刑具。又，莎士比亞的研究學者威爾遜奈德有一本 The wheel of Fire（火輪）的悲劇論集。

299

I am a very foolish fond old man,

Fourscore and upward, not an hour more nor less;

And, to deal plainly,

I fear I am not in my perfect mind.

我真是一個很愚蠢、很糊塗的老人，足足八十多歲了，而且，老實說，我的腦筋恐怕不十分清楚。

（李爾王，4. 7. 60）

李爾王向寇蒂莉亞所言。曾經身為國王而如今體認到自己只不過是個「愚蠢的老人」而已。留意"Ond, to deal plainly"之後的停頓。

300

Lear. Do not laugh at me;

For, as I am a man, I think this lady

To be my child Cordelia.

Cordelia. And so I am, I am.

李爾王：別笑我，我敢說這位夫人即是我的女兒寇蒂莉亞。

寇蒂莉亞：是的，我是的。

（李爾王，4. 7. 68）

父女之間的相認。請留意其多為單音節語詞。

301

Lear. Be your tears wet? Yes, faith. I pray, weep not:

　　　If you have poison for me, I will drink it.

　　　I know you do not love me; for your sisters

　　　Have, as I do remember, done me wrong:

　　　You have some cause, they have not.

Cordelia.　　No cause, no cause.

李爾王：你的淚還是濕的？是啊！真的，求你別哭了。你若
　　　是有毒藥給我，我就喝，我知道你不愛我，我想起來
　　　了，你的姐姐們都負了我，你是有理由不愛我的，但是

他們卻不該。

寇蒂莉亞：不，沒有理由，沒有理由。

（李爾王，4.7.71）

　　此為父女對話之高潮。這段單音節語詞亦多。在「你的淚還是濕的？」之時，蓋利克用手指細細地撫摸著女兒的臉頰而所說的話。在蘇俄電影中，是親吻著手而說的。高達多評「沒有理由，沒有理由」為「善意的謊言」。

302

Men must endure

Their going hence, even as their coming hither:

Ripeness is all.

人是需要忍耐的，一死猶如一生，均不可強求，只是時機成熟與否罷了。

（李爾王，5.2.9）

　　兒子愛德加對想死的父親格勞斯特所言。

303

Come, let's away to prison:

We two alone will sing like birds i' the cage:

When thou dost ask me blessing, I'll kneel down,

And ask of thee forgiveness.

來，我們到監牢去。只有我們兩個要猶如籠中鳥一般歌唱。

你要我祝福時，我便跪下，求你饒恕。

（李爾王，5.3.8）

成為不列顛軍隊的俘虜的李爾王向寇蒂莉亞所言。

304

The gods are just, and of our pleasant vices

Make instruments to plague us.

天神是公正的，以我們的色慾的罪惡做為懲罰我們的工具。

（李爾王，5.3.170）

　　愛德加對著因決鬥而受重傷的愛德蒙所說的話，「色慾的罪惡」
是指格勞斯特和妻子以外的女人私通而生下愛德蒙，亦指愛德蒙勾搭
高納里爾和里根之事。關於「天神是公正的」之思想請參照格勞斯特

之台詞。（見 296）

305

The wheel is come full circle; I am here.

命運的法輪整整轉了一圈。我現在落到這個地步。

（李爾王，5.3.174）

和愛德加決鬥而失敗的愛德蒙反省曾一度意氣風氣的自己。

306

Lend me a looking-glass;

If that her breath will mist or stain the stone,

Why, then she lives.

借我一面鏡子，若是她的呼氣濕糊了鏡面，那麼她便是活著
的。

（李爾王，5.3.261）

李爾王兩手抱著最疼愛的三女兒寇蒂莉亞的屍體登場所言。留意
此句多單音節語詞。

307

Why should a dog, a horse, a rat, have life,

And thou no breath at all? Thou '1t come no more,

Never, never, never, never, never!

Pray you, undo this button: thank you, sir.

Do you see this? Look on her, look, her lips,

Look there, look there!　　[*Dies.*

連一條狗、一匹馬、一隻老鼠都有命，為什麼你卻偏沒有氣
息了呢？你永不再來了，永不、永不、永不、永不、永不！
請你解開這鈕扣，謝謝。你看見了嗎？看啊！她的臉、看她
的唇，看這邊，看這邊！「死」

（李爾王，5.3.306）

　　李爾王的結局。其重複五次的"never"語氣十分強烈。"Thank you,
sir"是為國王所說的嗎？最後，他以為她的嘴唇動了、復活了，而在
歡喜中斷氣的吧！

308

The oldest hath borne most: we that are young

Shall never see so much, nor live so long.

最年長的最能忍，我們年輕力壯，將見不到這樣多，活不到
這樣長。

（李爾王，5. 3. 325）

「最年長的」是指李爾王而言。此為終結此劇的愛德加所言。他
將是新秩序的維護者。（亦有版本將此句作為奧本尼公爵之台詞）
"young"和"long"以當時的發音來說，是押韻的。

309

Fair is foul, and foul is fair.

美即是醜惡、醜惡即是美。

（馬克白，1. 1. 11）

開場時，出現在雷電交鳴中的三女巫的合唱。其意思特別含糊不
明，但亦可以想作是（1）人類世界所謂的美即是女巫世界中的醜，
以及相反的，（2）女巫的世界中，美醜是為一體的，等兩種意思。
又，此句為強弱四步格形式（但最後的弱沒有）和一般的弱強五步格
形成尖銳的對立。

310

So foul and fair a day I have not seen.

我從來沒有見過這樣陰鬱而又光明的日子

（馬克白，1.3.38）

馬克白上場的第一聲。這句意思亦含糊不清，但可想為（1）晴雨不定，（2）天候惡劣，但卻以贏得輝煌的勝利二種意思。但是，更重要的是，根據　述女巫們的詞句來看（但是"fair"（光明）和"foul"（陰鬱）的順序是相反的）、馬克白登場的同時倔入女巫們所繪的魔輪中。極為戲劇性的反語。

311

Present fears
Are less than horrible imaginings.

想像中的恐怖遠勝過於實際上的恐怖。

（馬克白，1.3.137）

為女巫們的預言所慫惠，馬克白起了謀殺鄧肯國王的念頭。若要配合"present fears"其後應當為"imaginary horrors'"但是後者將名詞和形容詞對調。又，強盛的想像力是為馬克白的特長，恐怖是為此齣戲

的氣氛之中心。

312

Come what come may,

Time and the hour runs through the roughest day.

不管是什麼事情要來儘管來吧！

再怎麼難過的日子也會應付得去的。

（馬克白，1. 3. 146）

馬克白將背負起命運。為使和"day"押韻，因而用"come day"。

313

There's no art

To find the mind's construction in the face:

He was a gentleman on whom I built

An absolute trust.

沒有一種方法，可以從一個人臉上探察他的居心；他是我所曾經絕對信賴的一個人。

（馬克白，1. 4. 12）

鄧肯國王所言。「他」是指逆臣考特而言。國王正說著，馬克白即登場。是為絕對信賴的考特第二。

314

Yet do I fear thy nature;

It is too full o' the milk of human kindness

To catch the nearest way.

但是，我卻為你的天性而憂慮，在你所能採取的最近的捷徑上，充滿了太多的側隱之心。

（馬克白，1. 5. 17）

馬克白夫人評其夫之性格。"the milk of haman kindness"頗有趣。美國作家席尼‧薛爾頓在「情敵」一書中，有這麼一句「你鏗鏘的言語，使我尚失了側隱之心。」

315

Come, you spirits

That tend on mortal thoughts, unsex me here,

And fill me from the crown to the toe top-full

Of direst cruelty!

來，為人類供給惡念的魔鬼們！解除我女性的柔弱，將最凶惡的殘忍自頭頂到腳踵貫注至我全身。

（馬克白，1. 5. 41）

馬克白夫人驅使自己去做謀殺肯特國王的可怕行為。"mortal"=謀殺的，"unsex"的大膽表現方式頗為有趣，是為莎士比亞所創造的詞。

316

Macbeth. My dearest love,

Duncan comes here to-night.

Lady Macbeth. And when goes hence?

Macbeth. To-morrow, as he purposes.

Lady Macbeth. O, never

Shall sun that morrow see!

馬克白：我最親愛的妻，鄧肯今晚要到這兒來。

馬克白夫人：那什麼時候回去呢？

馬克白：明天要回去。

馬克白夫人：啊！太陽決不會見到那樣的明天。

（馬克白，1. 5. 59）

　　將要迎接鄧肯國王到城裏來的夫婦間的對話。留意最後一行之後的停頓。夫人凝視著丈夫的臉。關於「什麼時候回去呢？」亦可採信另一譯法的注釋「什麼時候到天國呢？」

317

Your face, my thane, is as a book where men

May read strange matters. To beguile the time,

Look like the time: bear welcome in your eye,

Your hand, your tongue: look like the innocent flower,

But be the serpent under't.

我的爵士，你的臉要宛如一本書，讓人可以去閱取其內所寫的不可思議之事。要欺騙世人，必須裝出和世人同樣的臉色。你的眼中、手上、舌尖，隨時流露著歡迎。外表讓人覺得像朵純潔的花，而其下卻有條毒蛇潛伏。

（馬克白，1. 5. 63）

　　馬克白夫人教她丈夫惡人之行徑。當時，有這麼一句格言"The

face is the index of the heart"（臉為其內心之表徵）。

318

This castle hath a pleasant seat; the air

Nimbly and sweetly recommends itself

Unto our gentle senses.

這座城堡挺舒適的，一陣陣溫柔的和風吹拂著我們沉靜的感
覺。

（馬克白，1. 6. 1.）

　　鄧肯國王來到馬克白的城堡的感想。這「舒適的地方」卻成為謀
害他的屠場。 此為戲劇性諷刺。

319

If it were done when 'tis done, then 'twere well

It were done quickly.

要是做完了就結束的話，還是快一點做比較好。

（馬克白，1. 7. 1.）

　　馬克白想謀殺鄧肯，但是又猶豫不決。「它」含意不明。這是因

為馬克白不能明白地說出「殺」這個字。的再三反複令人印象深刻。

（見 335，345）

320

Macbeth.   If we should fail?

Lady Macbeth.   We fail?

    But screw your courage to the sticking-place,

    And we'll not fail.

馬克白：假如我們失敗了──

馬克白夫人：失敗？只要你集中全副勇氣，我們決不會失
敗。

（馬克白，1. 7. 59）

    畏縮不前的丈夫和給他打氣的妻子。馬克白不說'I'而是說 'we'。
因為這是兩個人的事。又，希頓茲夫人最初說「我們失敗？」再說
「我們失敗！」而最後歸結為「我們失敗。」此為有名的故事。
"screw…"是取自樂器方面的比擬，是說轉緊至栓塞轉不動為止。

321

Bring forth men-children only.

願你所生育的全都是男孩子就好了。

（馬克白，1.7.72）

馬克白對剛強的妻子半感嘆，半畏懼地說著。

322

Banquo.   How goes the night, boy?

Fleance.   The moon is down.

班柯：喂！現在是夜裏的什麼時候啦？

弗里恩斯：月亮已經落下了。

（馬克白，2.1.1.）

因馬克白的城堡中，籠罩著異常的氣氛，與奮而不成眠的班柯父子的對話。月亮落下即要開始行凶。

323

I go, and it is done: the bell invites me.

Hear it not, Duncan; for it is a knell

That summons thee to heaven or to hell.

我去，就這麼幹了。鐘聲在呼喚我。不要去聽它，鄧肯，那
是召喚你上天國或下地獄的喪鐘。

（馬克白，2. 1. 62）

　　走向鄧肯寢室的馬克白所言。"hell"和"knell"押韻以示強調。但
翻譯不出這個效果。

324

Hark! I laid their daggers ready;

He could not miss 'em. Had he not resembled

My father as he slept, I had done't.

噓！他們的短劍都準備好了，他應該不會找不到的。若不是
他睡著的樣子活像我父親，我早就動手了。

（馬克白，2. 2. 12）

　　馬克白夫人側耳傾聽丈夫殺人現場的動靜，而想像其情況。「他
們」是所謂鄧肯國王的貼身侍衛，以短劍刺死國王的事宜準備。「睡
臉……云云」說明在她身上僅存的一點人性。

莎士比亞經典名句

325

Macbeth. I have done the deed. Didst thou not hear a noise?

Lady Macbeth. I heard the owl scream and the crickets cry.

馬克白：我已經把事情辦好了。你沒有聽見聲音？

馬克白夫人：我聽見貓頭鷹啼叫和蟋蟀的鳴聲。

（馬克白，2.2.15）

　　行刺歸來的丈夫和等候丈夫的妻子的對話。貓頭鷹和蟋蟀不祥的叫聲頗具效果的。

326

Lady Macbeth. Did not you speak?

Macbeth. When?

Lady Macbeth. Now.

Macbeth. As I descended?

Lady Macbeth. Ay.

Macbeth. Hark!

　　Who lies i' the second chamber?

Lady Macbeth.　　Donalbain.

馬克白夫人：你沒有說過話嗎？

馬克白：什麼時候？

馬克白夫人：剛才。

馬克白：我下來的時候嗎？

馬克白夫人：是的。

馬克白：噓！

　　誰睡在隔壁的房間裏？

馬克白夫人：道納魯本。

（馬克白，2. 2. 17）

　　接續上述緊迫的對話後，"Ay"和"Hark！"之後的停頓。在黑暗中二人傾耳細聽。

327

Methought I heard a voice cry. 'Sleep no more!

Macbeth does murder sleep.'

我彷彿聽見呼叫聲：

「不要再睡了！馬克白已經謀殺了睡眠。」

（馬克白，2. 2. 35）

馬克白所言。失眠亦為此齣劇中重要的主題之一。

328

Infirm of purpose!

Give me the daggers: the sleeping and the dead

Are but as pictures: 'tis the eye of childhood

That fears a painted devil. If he do bleed,

I'll gild the faces of the grooms withal;

For it must seem their guilt.

意志那麼薄弱！把短劍給我。睡著的人和死了的人不過和畫
像一樣。只有小孩兒的眼睛才會害怕畫中的魔鬼。要是他還
流著血，就把它塗在兩個侍衛的臉上，因為我們必須將罪惡
加諸於他們身上。

（馬克白，2. 2. 52）

馬克白把作為謀殺鄧肯國王的證據的短劍帶回來。夫人說「放回
去」而馬克白說「不」，之後夫人所應答之語。有"gild"和"guilt"等
可怕的詼諧語。

329

What hands are here? Ha! They pluck out mine eyes.

Will all great Neptune's ocean wash this blood

Clean from my hand? No, this my hand will rather

The multitudinous seas incarnadine,

Making the green one red.

這是什麼手？啊！它們要挖出我的眼睛。海神所掌管的大洋裏所有的水，能夠洗淨我手上的血跡嗎？不，恐怕我這手倒會把平靜無浪的海水染成一片殷紅。

（馬克白，2. 2. 59）

　　馬克白看見沾滿鮮血的雙手，對可怕的罪惡感到不安、恐懼。"seas"（海洋）插在"multitudinous"（眾多的）和"incarnadine"（平靜無浪）的多音節語詞之間，顯示出海的廣闊。"red"之後的停頓。這期間，馬克白一直注視著手。

330

My hands are of your colour; but I shame

To wear a heart so white. . . .

A little water clears us of this deed:

How easy is it, then!

我的手也和你的同樣顏色了，但是我卻羞於擁有這樣慘白的心。…一點點的水就可洗去我們的痕跡，多麼容易的事啊！

（馬克白，2. 2. 64）

　　將沾滿血的劍放到鄧肯寢室去的夫人所言。「慘白的心」是膽怯的象徵。紅色的手和慘白的心互相對照。留意其多為單音節語詞。此句的內容及表現方式均與馬克白的話對照的。那「多麼容易啊！」在不久之後即可知曉。此為戲劇性的諷刺。（344）

331

To know my deed, 'twere best not to know myself.

[*Knocking within.*

Wake Duncan with thy knocking! I would thou couldst!

想到我所做的事，最好還是忘掉我自己。（內有敲門聲）

那聲音把鄧肯醒了吧！驚醒他也好！

（馬克白，2. 2. 73）

　　與罪惡博鬥的馬克白，聽到早晨來服侍的人們敲門的聲音，嚇得

絕望地大叫。又，關於「敲門」的效果，在狄克溫斯的「馬克白大門的敲門聲」中有詳細的分析。

332

Here's a knocking indeed! If a man were porter of hell-gate, he should have old turning the key.

門敲得如此厲害！假如我是地獄的門房，必須經常地旋開門鎖呢！

（馬克白，2. 3. 1）

　　為敲門聲吵醒的門房自言自語著。他以地獄的門房自居，而此地正是弒主之地獄。頗具戲劇性諷刺。又，與先前的無韻詩相對比，至此是為散文。門房玩笑性的語詞是接續恐怖的場面後喜戲性的調和。"old"=時常。

333

Had I but died an hour before this chance,
I had lived a blessed time; for, from this instant,
There's nothing serious in mortality:

All is but toys: renown and grace is dead;

The wine of life is drawn, and the mere lees

Is left this vault to brag of.

要是我在這件變故發生前一小時死去，我就可以說我活過幸福的一生。因為從這一瞬間，人生已失去它最重要的東西了。一切只不過是兒戲。名譽和美德已死了。生命之美酒已取空，這酒窖所炫耀的，只不過是無味的酒渣罷了。

（馬克白，2. 3. 96）

馬克白在鄧肯之死被發現時所言。此為意識上的虛偽，但是卻也無意識地說出真心話。

334

Macbeth.　　Fail not our fast.

Banquo.　　My lord, I will not.

馬克白：請你務必出席宴會。

班柯：謹遵陛下命令。

（馬克白，3. 1. 28）

計劃殺害班柯而邀請他出席宴會的馬克白，內心正暗自歡喜。班

柯自然是真心誠意的。而且，他也照樣實行了——即使是變成了鬼魂。因為是馬克白出面邀請所以沒有異議。據布拉都雷所言，此為劇中最為強烈的戲劇性諷刺。又，馬克白不像國王般說"my"（我的）而是說"our"（我們的）——（王者之複數）。曾經同為臣子的班柯現在亦稱他為「陛下」。

335

Things without all remedy

Should be without regard: what's done is done.

無法挽回的事，只好聽其自然，事情做了就算了。

（馬克白，3. 2. 11）

　　馬克白夫人對自從謀殺鄧肯後為憂慮所困而煩悶的馬克白所言。"done"的重複讓人印象深刻。（319，345）

336

Duncan is in his grave;

After life's fitful fever he sleeps well.

鄧肯現在睡在他的墳墓裏，經過了一場人生的熱病，現在安

心地睡著。

（馬克白，3.2.22）

　　為失眠所困的馬克白反倒羨慕睡在墳墓中的鄧肯。「失眠」是為
這齣戲的重要主題。留意"fitful fever"的頭韻。

337

O, full of scorpions is my mind.

我的心中充滿著蠍子。

（馬克白，3.2.36）

　　馬克白所言。心如乃絞而以蠍子來表示令人印象深刻。忘了用
"our"（王者的複數）。（見334）

338

Things bad begun make strong themselves by ill.

始於罪惡的事，必須用罪惡使它鞏固。

（馬克白，3.2.55）

　　馬克白決心恣意走歹路。「一不做，二不休」，此為暴君的座右

銘。又，辛尼加在「希臘人的統帥」中，亦有"The safest path to mischief is by mischief open still."（罪惡最好的路徑是藉著罪惡打破寂靜）。

339

Banquo. It will be rain to-night.

1 Murderer. Let it come down.

班柯：今晚像是要下雨的樣子。

刺客甲：讓它下吧！

（馬克白，3. 3. 16）

班柯遠行歸來途中遭刺客們突襲。所下的是血雨。

340

Here had we now our country's honour roof'd.

Were the graced person of our Banquo present.

Enter the Ghost of Banquo.

要是榮譽的班柯在座，那麼全國的知名人士真可說是薈集於一堂了。

（班柯的鬼魂上場）

（馬克白，3.4.40）

　　馬克白在宴會上所言。正巧班柯的鬼魂上場。此因他有受邀出席的緣故。頗具戲劇性諷刺。（關於鬼魂登場的時候依版本而有各種說法，有人認為這個版本是最恰當的）。

341

I am in blood

Stepp'd in so far that, should I wade no more,

Returning were as tedious as go o'er.

我的雙腳已深陷於血泊之中，要是不再涉血前進，回頭的路亦是令人生厭的。

（馬克白，3.4.136）

　　馬克白說在這個連班柯都殺害的現在，除了繼續走歹路之外別無他法。"more"和"o'er"押韻。在理查三世中有台詞"I am in / so far in blood that sin will plunk on sin."「至今已深陷血泊之中，僅能以罪惡加諸罪惡而已」。

342

Be bloody, bold, and resolute; laugh to scorn

The power of man, for none of woman born

Shall harm Macbeth.

你要殘忍、大膽地、堅決。可將人類的力量付之一笑，因為沒有一個婦人所生下的人可以傷害馬克白。

（馬克白，4. 1. 79）

女巫們喚出的幽靈所言。馬克白從這兒獲得力量，但卻為不是所「生」，而是以剖腹出生的麥克德夫所殺。又，"bloody"和"bold"的頭韻，"scorn"和"born"的韻腳須注意。

343

He has no children.

他自己沒有兒女。

（馬克白，4. 3. 216）

麥克德夫悲嘆妻兒遭馬克白殺害，而為年輕的馬爾康安慰時所言。此句可作三種解釋。（1）他（馬克白）沒有孩子，所以無法殺他的孩子，來「以眼還眼」。（2）馬克白沒有孩子，所以會做出那

麼殘忍的事。（若為這個意思！見 5）。（3）他（馬爾康）自己沒有子女，因而能說這樣安慰人的話。（若為此意思時，即換以旁白方式。又，關於這個意思。見 67）。

344

Here's the smell of the blood still: all the perfumes of Arabia will not sweeten this little hand. Oh, oh, oh!

還是有一股血腥味，所有阿拉伯的香料，都無法去消除這隻小手的臭味。啊！啊！啊！

（馬克白，5. 1. 56）

　　在戲的前半部曾經是那麼剛強的馬克白夫人，後半部時，變得非常膽怯，因罪惡的意識使得她患上夢遊症。她曾說一點點的水就可洗淨血跡（見 330）現在卻為血腥味所困惱。又，請留意這是以散文來說的而不是以無韻詩。此為心智錯亂的証據。

345

To bed, to bed! There's knocking at the gate: come, come, come, come, give me your hand. What's done cannot be undone. ——

To be, to bed, to bed!

去睡吧！去睡吧！有人在敲門，來，來，來，來，讓我攙著你，事情已經做了就無法挽回了——去睡吧！去睡吧！去睡吧！

（馬克白，5. 1. 73）

　　正夢遊的馬克白夫人，自言自語地在重複著謀殺鄧肯國王之後的場面。此為她正打算向丈夫說的時候。「去睡」是為她想起要向丈夫說到臥房去睡吧的時候所言。"to bed"和"come"的再三重複讓人印象深刻。還有"done"和"undone"（見 319，335）。

346

I have lived long enough: my way of life
Is fall'n into the sear, the yellow leaf.

我已經活得夠久了。

我的生命已日漸枯萎，像一片凋謝的黃葉。

（馬克白，5. 3. 22）

　　馬克白在草木凋零的秋天來臨時的感嘆。好不容易登上王位。卻沒希望得到榮尊、敬愛、服從，只有咒語和違心的恭維話纏身而已。

347

Macbeth. Wherefore was that cry?

Seyton. The queen, my lord, is dead.

Macbeth. She should have died hereafter.

馬克白：那哭聲是為了什麼事？

西登：陛下，王后死了。

馬克白：她遲早是要死的。

（馬克白，5.5.7）

　　馬克白聽見內有婦女的哭聲，而問家僕西登。請留意西登和馬克白的話語後的停頓。有著深切的感慨。又，馬克白所言，也有人譯為「不該這時候死」。

348

To-morrow, and to-morrow, and to-morrow,

Creeps in this petty pace from day to day

To the last syllable of recorded time,

And all our yesterdays have lighted fools

The way to dusty death.

明天，再一個明天，又再一個明天，一天接著一天地躡步前進，直到最後一秒鐘。我們所有的昨天，是替傻子們照亮到死亡的土壤中的路。

（馬克白，5.5.19）

　　馬克白因妻子的死感到身旁的寂寞之感。反覆"to-morrow"令人印象深刻。"petty"和"pace"以及"dusty"和"death"的頭韻，請留意。

349

Out, out, brief candle!

Life's but a walking shadow, a poor player

That struts and frets his hour upon the stage

And then is heard no more: it is a tale

Told by an idiot, full of sound and fury,

Signifying nothing.

熄滅吧！熄滅吧！短促的燈火！人生只不過是一個行走的影子，手腳拙劣的伶人。在舞台上，一會兒大搖大擺，一會兒又焦急不安，但是登場片刻就無聲無息地悄然退下，它是白痴所講的故事，充滿著喧嘩和憤怒，却找不到一點意義。

（馬克白，5. 5. 23）

接續上述。將人生擬為戲劇可參照杰奎斯的話語（見 114）。留意 "poor" 和 "player" 以及 "tale" 和 "told" 的頭韻。"nothing" 之後為長時間的沉默。又 "Brief Candles" 是為哈克斯雷的短篇小說集、"The Sound and the Fury" 是美國作家福克納的長篇作品之書名。

350

Cleopatra. If it be love indeed, tell me how much.

Antony. There's beggary in the love that can be reckon'd.

Cleopatra. I'll set a bourn how far to be beloved.

Antony. Then must thou needs find out new heaven, new earth.

克麗奧佩特拉：如果那真是愛情，告訴我那愛情有多少。

安東尼：愛情若能量得出有多少，那就太貧乏了。

克麗奧佩特拉：我想知道你的愛情的界限。

安東尼：那麼，你必須發現一個新天地。

（安東尼與克麗奧佩特拉，1. 1. 14）

此為這一對戀人最初的對話。

莎士比亞經典名句

351

Attendant. News, my good lord, from Rome.

Antony. Grates me: the sum.

侍者：有消息，大人，從羅馬來的。

安東尼：真煩，簡單地說吧！

（安東尼與克麗奧佩特拉，1.1.18）

　　正和克麗奧佩特拉說著綿綿愛語時，有人干擾。 "Grates me" 中沒有主語 "the sum" 中沒有動詞。是為大膽的表現方式。

352

Let Rome in Tiber melt, and the wide arch

Of the ranged empire fall! Here is my space,

Kingdoms are clay: our dungy earth alike

Feeds beast as man: the nobleness of life

Is to do thus.

讓羅馬溶化在泰伯河裏，橫跨世界的帝國的大拱門塌下來好了！這裏有我的宇宙存在。國土不過是塵埃。這骯髒的大地養育人也同樣地養育畜牲；人生之所以可貴在於能夠這樣。

（安東尼與克麗奧佩特拉，1.1.33）

安東尼的愛情宣言。「我的宇宙」是指克麗奧佩特拉而言。這樣說著便擁抱著她。頗為壯觀的冥想。

353

Antony.　She's cunning past man's thought.

Enobarbus.　Alack, sir, no; her passions are made of nothing but the finest part of pure love: we cannot call her winds and waters sighs and tears; they are greater storms and tempests than almanacs can report.

安東尼：她的花招狡猾地超過我們的想像。

伊諾巴伯斯：噯呀！不是這樣的。她的熱情完全是由純潔的愛之最精妙的部分所組成的。她呼出的氣和流出的水，不能將它喚作「嘆息」與「眼淚」，那是曆書上所不能預知的雷雨與風暴。

（安東尼與克麗奧佩特拉，1.2.150）

安東尼和伊諾巴伯斯在談論克麗奧佩特拉之事。"we cannot call her winds and waters sighs and tears"是"we cannot call her sighs and tears

winds and waters"的相反說法。

354

Antony. Would I had never seen her!

Enobarbus. O, sir, you had then left unseen a wonderful piece
of work.

安東尼：若不曾見到她就好了。

伊諾巴伯斯：那麼，你便是錯過了這驚人的傑作、人間的尤
物。

（安東尼與克麗奧佩特拉，1.2.158）

接續上述。「驚人的傑作」對克麗奧佩特拉而言，是最恰當的評
語了，亦是指這齣戲。

355

Antony. Fulvia is dead.

Enobarbus. Sir?

Antony. Fulvia is dead.

Enobarbus. Fulvia!

Antony. Dead.

安東尼：富爾維亞死了。

依諾巴伯斯：啊？

安東尼：富爾維亞死了。

依諾巴伯斯：富爾維亞！

安東尼：死了。

（安東尼與克麗奧佩特拉，1. 2. 162）

安東尼將妻子富爾維亞的死訊告訴依諾巴伯斯。簡潔有力的對話。（見 142）。

356

Cleopatra. Hast thou affections?

Mardian. Yes, gracious madam.

Cleopatra. Indeed!

Mardian. Not in deed, madam.

克麗奧佩特拉：你也有熱情嗎？

瑪爾蒂安：有啊！

克麗奧佩特拉：真的？

瑪爾蒂安：不是在於真的行為上。

（安東尼與克麗奧佩特拉，1. 5. 12）

女王和侍女的對話。"indeed"和"in deed"之俏皮語十分絕妙。

357

My salad days,

When I was green in judgement, cold in blood,

To say as I said then!

那是我年輕的時候，不懂事、冷血，才會說出那樣的話！

（安東尼與克麗奧佩特拉，1. 5. 73）

克麗奧佩特拉將當年曾愛慕朱利葉斯西撒的事告訴侍女查米恩的時候。"salad days"頗有趣味。

358

I do not much dislike the matter, but

The manner of his speech.

我不反對他說話的內容，而是他說話的態度不大好。

（安東尼與克麗奧佩特拉，2. 2. 113）

屋大維・凱撒所言。是在說小丑伊諾巴伯斯。"much"和"matter"和"manner"的頭韻，請留意。

359

The barge she sat in, like a burnish'd throne,

Burn'd on the water: the poop was beaten gold;

Purple the sails, and so perfumed that

The winds were love-sick with them; the oars were silver,

Which to the tune of flutes kept stroke, and made

The water which they beat to follow faster,

As amorous of their strokes.

她乘坐的那艘船，像一個光亮的寶座，在水上閃耀得如火燒般通明，舵樓是用金板做的，帆是紫色的，而且噴得薰香，連風都眷戀不已。槳是銀色的，隨著笛聲的節奏而划動，使得被打動的水緊緊地追隨在後。

（安東尼與克麗奧佩特拉，2. 2. 196）

克麗奧佩特拉將船停泊在西得拿斯河上，她第一次見到安東尼的情景。此為伊諾巴伯斯所言。請留意"barge"和"burnished"和

"burn'd"，以及"poop"、"purple"和"perfumed"，還有"follow"和"faster"的頭韻。又，"purple"亦可解釋為「深紅」。戲作家、文藝批評家艾略特所著的「荒地」的「西洋棋的玩法」中，有"The chair she sat in, like a burnished throne, Glowed on the marble."（她坐的那張椅子，像一個光亮的寶座，閃耀於大理石上）之句子。

360

For her own person,

It beggar'd all description: she did lie

In her pavilion —— cloth-of-gold of tissue ——

O'er-picturing that Venus where we see

The fancy outwork nature: on each side her

Stood pretty dimpled boys, like smiling Cupids,

With divers-colour'd fans, whose wind did seem

To glow the delicate cheeks which they did cool,

And what they undid did.

說到她本身，簡直非言語所能形容；她臥在她那透明的金線紗做的幔帳裏的姿態，比畫中超乎自然想像的維納斯還更美艷。在她兩側站著臉上帶酒渦的男孩，像是微笑的丘比特，

揮動著五彩繽紛的扇子，原先是想把她的臉搧涼的，但卻好像是要把那臉搧得更加緋紅，適得其反。

（安東尼與克麗奧佩特拉，2. 2. 202）

接續上述。"beggar"這樣的用法是始於此。"what they undid did"為大膽的表現方式。是為「將冷的東西加溫」之意。

<h1 align="center">361</h1>

I saw her once

Hop forty paces through the public street;

And having lost her breath, she spoke, and panted,

That she did make defect perfection,

And, breathless, power breathe forth.

我有一次看見她在街道上小跑約四十步的樣子，她喘不過氣來，一面說話、一面喘氣，她喘吁吁的樣子十分動人，說不出一句完整的話卻有動人的嫵媚。

（安東尼與克麗奧佩特拉，2. 2. 233）

伊諾巴伯斯敘述克麗奧佩特拉迷人之處。限定為「四十」頗為有趣。"de fect"和"perfection"，以及"breathless"和"breathe"的類似音頗

具效果。又"power"（迷人）為"breathe"的目的語，而"breathe"則是
接續上句的"she did"。

362

Age cannot wither her, nor custom stale
Her infinite variety.

年齡不能使她衰老，習慣也因她無窮的變化也不會變成為陳
腐。

（安東尼與克麗奧佩特拉，2. 2. 240）

　　接續以上，伊諾巴伯斯敘述克麗奧佩特拉迷人之處。"infinite
variety"是為她魅力的主要因素。並且，這又可說是在　述莎士比亞
的魅力。

363

I' the east my pleasure lies.

我的快樂在東方。

（安東尼與克麗奧佩特拉，2. 3. 40）

　　雖然克麗奧佩特拉要和屋大維結成政治婚姻，但是安東尼卻深為

對她的愛戀牽引著。（366）

364

Give me some music; music, moody food

Of us that trade in love.

給我奏點音樂；音樂，是我們情場中人憂鬱的食糧。

（安東尼與克麗奧佩特拉，2.5.1）

難以打發時間的克麗奧佩特拉所言。（119）

365

Antonius dead! ——If thou say so, villain,

Thou kill'st thy mistress: but well and free,

If thou so yield him, there is gold, and here

My bluest veins to kiss; a hand that kings

Have lipp'd and trembled kissing.

安東尼死啦！——如果你這樣說的話，你簡直就是在殺你的
女主人。但是，如果你說他安然無恙，我賞給你金子，還可
以吻我這手上的青筋；這隻手是許多帝王吻過的，而且是戰

莎士比亞經典名句

戰兢兢地吻過的。

（安東尼與克麗奧佩特拉，2. 5. 26）

　　克麗奧佩特拉向羅馬來的使者所言。她的面貌栩栩如生。"lipp'd" 是為名詞轉換成動詞來使用的。

366

The beds i' the east are soft.

東方的牀舖是溫柔的。

（安東尼與克麗奧佩特拉，2. 6. 51）

　　安東尼想起克麗奧佩特拉而所說的話。（ 363 ）

367

I will praise any man that will praise me.

誰稱讚我，我也稱讚他。

（安東尼與克麗奧佩特拉，2. 6. 91）

　　小丑伊諾巴伯斯所言。

368

Lepidus. What manner o' the thing is your crocodile?

Antony. It is shaped, sir, like itself; and it is as broad as it hath breadth: it is just so high as it is, and moves with it own organs: it lives by that which nourisheth it; and the elements once out of it, it transmigrates.

Lepidus. What colour is it of?

Antony. Of it own colour too.

Lepidus. 'Tis a strange serpent.

賴皮德斯：所謂的鱷魚，是怎麼樣的一種東西？

安東尼：它的形狀，先生，就像它那個樣子。其實也就像它那麼寬；其高就只有它那麼高，用它自己的四肢走動；靠它攝取的營養過活。一旦生命離開了它，便轉而投生了。

賴皮德斯：是什麼顏色？

安東尼：就是它本身的顏色。

賴皮德斯：這真是一種不可思議的蛇。

（安東尼與克麗奧佩特拉，2. 7. 46）

莎士比亞經典名句

　　在龐培邀請西撒、安東尼、賴皮德斯三巨頭到軍艦上所召開的宴會中，幾乎爛醉而不勝酒力的賴皮德斯和嘲弄他的善飲酒的安東尼之間的對話。"it own"假若以現今的英語來說，應該是"its own"。

369

Menas. Wilt thou be lord of all the world?

Pompey. What say'st thou?

Menas. Wilt thou be lord of the whole world? That's twice.

密那斯：你想作全世界的主人嗎？

龐培：你說什麼？

密那斯：你想作全世界的主人嗎？這是第二遍。

（安東尼與克麗奧佩特拉，2. 7. 67）

　　軍艦上的宴會正達到高潮之際，海賊大將密那斯將龐培拉到一角落竊竊私語著。龐培驚訝不已。又，於開頭時說"all the world"，第二次說"the cohole world"頗為有趣。'That's twice" 也頗為好句。

370

Pompey. Show me which way.

Menas. These three world-sharers, these competitors,

    Are in thy vessel: let me cut the cable;

    And, when we are put off, fall to their throats:

    All there is thine.

Pompey. Ah, this thou shouldst have done,

And not have spoke on't!

龐培：怎麼做比較好？

密那斯：這三分天下共享大權的人都在你的船上，讓我割斷

    纜索，等我們出海後，把他們殺了，這樣全世界就是屬

    於你的了。

龐培：啊！這件事你可以作，但是不該對我說。

（安東尼與克麗奧佩特拉，2.7.75）

接續上述。龐培所言頗為有趣。

371

Be a child o' the time.

要隨緣適應，不必拘泥。

（安東尼與克麗奧佩特拉，2.7.106）

在宴會中，好喝酒的安東尼對不喝酒的西撒所言。

372

Unarm, Eros; the long day's task is done,

And we must sleep.

卸除鎧甲吧！義洛斯這漫長的一日的工作已結束了，我們該
睡覺了。

（安東尼與克麗奧佩特拉，4. 1. 35）

戰敗，而又聽到克麗奧佩特拉自殺的消息時，安東尼所言。查米
恩的"the bright day is done, / And we are for the dark."（下定決心吧！
女王，光明的白晝已過去，我們要迎取黑暗）請互相對照。（381）

373

2 Guard. The star is fall'n.

1 Guard. And time is at his period.

衛兵乙：將星殞落了。

衛兵甲：世界末日到了。

（安東尼與克麗奧佩特拉，4. 14 106）

莎士比亞經典名句

安東尼試著自殺時，衛兵們的對話。"his"於現今英語來說該是"its"才對。

374

The crown o' the earth doth melt. My lord!

O, wither'd is the garland of the war,

The soldier's pole is fall'n: young boys and girls

Are level now with men; the odds is gone,

And there is nothing left remarkable

Beneath the visiting moon.

世界的冠冕消失了。我的主上！啊！戰爭的花環枯萎了，勇士的綠柱倒了，少男少女現在和成年人可以等量齊觀了。一切差別都不復存在了，月亮俯視之下，沒有什麼值得注意的事物。

（安東尼與克麗奧佩特拉，4. 15 63）

安東尼命絕之時，克麗奧佩特拉所言。正這樣說著，她自己也昏厥過去了。

375

No more, but e'en a woman, and commanded

By such poor passion as the maid that milks

And does the meanest chares.

只是一個女人，就和擠牛奶的、作低賤雜事的女人一樣地受

著悲慘感情的支配。

（安東尼與克麗奧佩特拉，4. 15. 73）

接續上述。甦醒過來的克麗奧佩特拉所言。

376

You, gods, will give us

Some faults to make us men.

天神們，你們總是要給我們一些缺點好使我們成為凡人。

（安東尼與克麗奧佩特拉，5. 1. 33）

聽到安東尼死了的消息，西撒身旁的阿格里帕所言。是為接續米

西那斯所言「他的污點和榮譽是不相上下的」。此為莎士比亞的人類

論。連"To err is human"（犯錯是人之常情）的句子都想得出來。

377

Shall they hoist me up

And show me to the shouting varletry

Of censuring Rome? Rather a ditch in Egypt

Be gentle grave unto me! rather on Nilus' mud

Lay me stark naked, . . . ! rather make

My country's high pyramides my gibbet,

And hang me up in chains!

我能讓他們把我高高舉起受那羅馬的賤民的笑罵嗎？我寧可把埃及的水溝當作我的葬身之所！我寧可赤裸裸地躺在尼羅河的泥濘上…！我寧可用本國的高金字塔作為我的絞台，用鍊子把我吊起。

（安東尼與克麗奧佩特拉，5. 2. 55）

克麗奧佩特拉向西撒派來的使者說的話。

378

His face was as the heavens; and therein stuck

A sun and moon, which kept their course, and lighted

The little O, the earth.

那個人的臉好像是蒼天。其間點綴著一個太陽和一輪明月，
按時運行，普照著這小小的地球。

（安東尼與克麗奧佩特拉，5. 2. 79）

　　克麗奧佩特拉追憶著安東尼而所說的話。此齣劇中，多為天體的
冥想，十分壯觀。

379

His legs bestrid the ocean: his rear'd arm

Crested the world: his voice was propertied

As all the tuned spheres.

那個人兩腳跨著大海，他那高舉的手臂是世界的巔峯。

那個人的聲音有如天體中星辰之和諧的交響曲。

（安東尼與克麗奧佩特拉，5. 2. 82）

　　接續上述，在「朱利葉斯‧西撒」中，有"he doth bestride the
narrow world / Like a Colossus." （他像一個巨人似的跨越這個狹隘的
世界）這麼一句。

380

He words me, girls, he words me, that I should not

Be noble to myself.

那只是甜言蜜語，女孩們，那只是甜言蜜語而已。是勸我不可慷慨自盡。

（安東尼與克麗奧佩特拉，5. 2. 191）

　　克麗奧佩特拉向侍女們所言。西撒為不使克麗奧佩特拉自殺而以好言相勸。這個"word"（欲以甜言蜜語哄騙）是為少見的用法。"he words me"一再重複頗富趣味。"be noble to myself"是指自殺。

381

Finish, good lady; the bright day is done,

And we are for the dark.

下定決心吧！女王陛下。光明的白晝已經過去，我們要到黑暗世界去了。

（安東尼與克麗奧佩特拉，5. 2. 193）

　　侍女查米恩催促克麗奧佩特拉自殺。請參照安東尼所言「這漫長的一日的工作已經結束，…」（見 372）

382

Give me my robe, put on my crown; I have

Immortal longings in me: now no more

The juice of Egypt's grape shall moist this lip:

. . . husband, I come:

Now to that name my courage prove my title!

I am fire and air; m other elements

I give to baser life.

給我禮服，給我戴上王冠；我希望我的靈魂不死。現在埃及
的葡萄汁將不能再沾潤我這嘴唇了。…丈夫，我就來了，讓
我的勇氣來證明我配稱為你的妻。我是火，我是空氣，我的
其他的元素就與草木同朽吧！

（安東尼與克麗奧佩特拉，5. 2. 283）

決心自殺的克麗奧佩特拉向侍女們所言。她——第一次叫安東尼
為「丈夫」。其他元素則為水和土。因為水和空氣和火和土是為構成
身體的主要元素。

383

Cleopatra. Peace, peace!

Dost thou not see my baby at my breast,

That sucks the nurse asleep?

Charmian. O, break! O, break!

Cleopatra. As sweet as balm, as soft as air, as gentle,——

O Antony! – Nay, I will take thee too:

[*Applying another asp to her arm.*

What should I stay —— [*Dies.*

Charmian. In this vile world?

克麗奧佩特拉：你沒看見我懷裏的嬰兒嗎？他吸吮著奶把乳
　　母給弄睡著了？安靜點，安靜點。

查米恩：啊！我的心碎了！啊！我的心碎了！

克麗奧佩特拉：快似麻藥，軟如微風，柔若——啊！安東
　　尼！——對了，我讓你也來吸吧！（取另一條蛇放在手
　　臂上）我還有什麼可留戀的——（死）。

查米恩：在這厭惡的塵世中？

（安東尼與克麗奧佩特拉，5. 2. 211）

莎士比亞經典名句

克麗奧佩特拉的最後一刻。「懷裏的嬰兒」是指毒蛇。"what（=why）should I stay"（我還有什麼可留戀的）之後的停頓。就連查米恩也沒有馬上就出聲。

384

Charmian. Now boast thee, death, in thy possessioin lies

    A lass unparallel'd. Downy windows, close;

    And golden Phoebus never be beheld

    Of eyes again so royal! Your crown's awry;

    I'll mend it, and then play.

Enter the Guard, rushing in.

1 Guard. Where is the queen?

Charmian. Speak softly, wake her not.

1 Guard. Caesar hath sent ——

Charmian. Too slow a messenger.

查米恩：死神啊！你現在可以誇說一個舉世無雙的女子你已
　　　據為己有。胎髮般的眼皮，閉起來吧！金光燦爛的太陽
　　　再也不能被這樣高貴的眼睛看到了！你的王冠歪了，我
　　　來給你戴好，然後我再去玩。

衛兵衝上來。

衛兵甲：女王在哪裏？

查米恩：小聲說話，別驚醒了她。

衛兵甲：西撒已派人來——

查米恩：來得太晚了。

（安東尼與克麗奧佩特拉，5. 2. 318）

接續上述。"lass"的說法頗有趣。"play"意指自殺之事。查米恩對衛兵的對白頗為趣味。於是，她把毒蛇放在手臂上。鐸克達強生評關於此劇「時而過於低俗的女性花招，是為克麗奧佩特拉的特徵」，對此，詩人濟慈寫道「你的頭歪了，我幫你調正」（"crown"是謂「頭」）。

385

1 Guard. What work is here! Charmian, is this well done?

Charmian. It is well done, and fitting for a princess

Descended of so many royal kings.

Ah, soldier! [*Dies.*

衛兵甲：這裏發生什麼事了！查米恩，你幹的好事？

查米恩：是幹得好，適合於一位出自歷代帝王之家的女王之
身分。啊！軍官！「死」。

（安東尼與克麗奧佩特拉，5. 2. 328）

接續上述。查米恩所言若根據諾斯譯「布魯特斯英雄傳」中，是
為"Uerie well, and meete for a Princess discended from the race of so
many noble kings."「啊！軍官」是為莎士比亞加上去的。關於這個，
劇作家、文藝批評家艾略特認為有無「啊！軍官」是為大不同，意指
只有莎士比亞能添加這二個詞語。又，僅供參考用，亦引用了都萊登
「一切都是因為愛」Yes,"tis well done, and like a Oueen, the last Of her
great race. I follow her." [Sinks down and dies]

386

He is a lion

That I am proud to hunt.

他是一頭獅子，能獵取他這樣的一頭獅子我覺得足以自傲。

（科利奧蘭納斯，1. 1. 239）

馬爾舍斯（以後的科利奧蘭納斯）敘述宿敵奧非地阿斯之事。

387

I will go wash;

And when my face is fair, you shall perceive

Whether I blush or no.

我要去洗洗臉。

等我洗乾淨了臉，你就可以看出我是否臉紅。

（科利奧蘭納斯，1.9.68）

　　在戰場上，由於在科利奧里城的攻城功勞，而被尊稱為科利奧蘭納斯的馬爾舍斯之言。「洗臉」是指「洗沾滿血的臉」。"go wash"之後有一長停頓。"go wash"＝去和洗。

388

My gracious silence, hail!

Wouldst thou have laugh'd had I come coffin'd home,

That weep'st to see me triumph?

我可愛的靜默人兒，你看我勝利歸來，反倒流淚，難道我若裝在棺材裏回來，你才肯笑嗎？

（科利奧蘭納斯，2.1.192）

　　科利奧蘭納斯自戰場歸來，對妻子維吉妮亞所言。她無言僅是報以欣喜的淚水。維吉利亞和寇蒂莉亞同因沉默寡言而聞名。

389

I had rather have one scratch my head i' the sun

When the alarum were struck than idly sit

To hear my nothings monster'd.

我寧願在戰號吹響的時候，在陽光下請人搔頭，也不願無聊地坐著聽人誇說我不值一提的事蹟。

（科利奧蘭納斯，2. 2. 79）

　　在神廟為大家稱揚其戰功時，科利奧蘭納斯所言。「請人搔頭」頗有趣味。他這樣說著即退場。

390

Bid them wash their faces

And keep their teeth clean.

命令他們去洗洗臉，刷刷牙。

（科利奧蘭納斯，2. 3. 67）

科利奧蘭納斯說有關民眾的事。在「朱利葉斯·西撒」中，亦有提及民眾的 `stinking breath`（腐臭味）。「刷牙」頗有趣。

391

His heart's his mouth.

他是心口如一。

（科利奧蘭納斯，3. 1. 257）

友人麥諾尼阿斯評科利奧蘭納斯。意思為「心裏想什麼，嘴裏就說什麼」，說法頗有趣。

392

The beast

With many heads butts me away.

是多頭畜牲把我撞走的。

（科利奧蘭納斯，4. 1. 1.）

科利奧蘭納斯雖然立了大功勞，但是因為對民眾報以傲慢的態度而被放逐。他亦說民眾是 "many-headed multitude"（多頭群眾）。

393

3 Servant. What are you?

Coriolanus. A gentleman.

3 Servant. A marvelous poor one.

Coriolanus. Ture, so I am.

………

3 Servant. Where dwellest thou?

Coriolanus. Under the canopy.

3 Servant. Under the canopy!

Coriolanus. Ay.

3 Servant. Where's that?

Coriolanus. I' the city of kites and crows.

僕從丙：你是作什麼的？

科利奧蘭納斯：紳士。

僕從丙：好窮苦的紳士。

科利奧蘭納斯：的確，我很窮⋯⋯

………

僕從丙：你住在哪裏？

科利奧蘭納斯：在蒼穹之下。

莎士比亞經典名句

僕從丙：在蒼穹之下！

科利奧蘭納斯：是的。

僕從丙：那是在什麼地方？

科利奧蘭納斯：在鳶鷹和烏鴉的城裡。

（科利奧蘭納斯，4.5.28）

　　科利奧蘭納斯故意以不潔的裝束打扮，而來到敵將奧非地阿斯的家門前。然而，這一類灑脫的對答是為莎士比亞的幽默之一。

394

Has he dined, canst thou tell? for I would not speak with him till after dinner.

那個人吃過飯了沒有？因為在他尚未吃飯的時候，我不願和他談話。

（科利奧蘭納斯，5.2.36）

　　被放逐到羅馬去的科利奧蘭納斯，決心要復仇，和敵將奧非地阿斯聯合起來，共同率領大軍，向羅馬進軍，準備加以肆虐蹂躪。科利奧蘭納斯的至友麥諾尼阿斯代表羅馬，來請求停止進軍羅馬，但是，他首先向衛兵詢問清楚科利奧蘭納斯是否吃過飯了。因為估量著若吃

完飯，心情會比較好然後再提出懇求較有望。此意味民生問題是很重要的。

395

O, a kiss

Long as my exile, sweet as my revenge!

Now, by the jealous queen of heaven, that kiss

I carried from thee, dear; and my true lip

Hath virgin'd it e'er since.

啊！給我一個像我的流亡那樣長久，比我的復仇還要甜蜜的親吻！現在，以天上善妒的女神為誓，自從和你離別後，我的嘴唇一直保持著純潔，沒有再碰過任何人的。

（科利奧蘭納斯，5. 3. 44）

　　在麥諾尼阿斯的努力成空後，科利奧蘭納斯的母親福龍尼亞和妻子維吉妮亞着喪服，到科利奧蘭納斯這兒來請求停止征服羅馬的行動。此為科利奧蘭納斯去和久未見面的妻子會面時所說的話。「善妒之后」是指保衛婚姻的守護神朱諾而言。"virgin'd it" 頗有趣。

396

Thou art my warrior;

I holp to frame thee.

你是我心目中理想的戰士；而造就你，我是有過助力的。

（科利奧蘭納斯，5. 3. 62）

　　母親福龍尼亞對兒子科利奧蘭納斯所言。科利奧蘭納斯的激烈的性格是承襲母親的。亦可以說因為這樣而造成他的悲劇。"holp"是"help"的古字。

397

O mother, mother!

What have you done?

啊！母親、母親！你作的是什麼事？

（科利奧蘭納斯，5. 3. 182）

　　由於福龍尼亞強而有力地說服下，科利奧蘭納斯打消了攻擊羅馬的念頭。停止攻擊羅馬雖然使得羅馬維持和平狀態，但是科利奧蘭納斯卻墜入死地。因為他是背叛者必定會被奧非地阿斯殺害。這句話可是言簡意深。

398

See where she comes, apparell'd like the spring.

看，她打扮得有如春天一般的來了。

（波里克利斯，1 .1 .12）

　　敘述波里克利斯第一次見到安泰歐克斯國王的女兒之美貌的情形下的神來之筆。

399

Few love to hear the sins they love to act.

很少人喜歡聽別人陳述他們所喜歡做的罪惡。

（波里克利斯，1. 1. 92）

　　波里克利斯所言。意指安泰歐克斯犯了和自己的女兒亂倫之罪，但是，此事不喜歡被人指責。留意全句是由單音節語詞組成。因已偏離主題，所以當做普通論調來閱讀。

400

O you gods!

Why do you make us love your goodly gifts,

And snatch them straight away?

天神啊！為什麼使我們喜愛你們珍貴的禮品，然後又突然把它奪走呢？

（波里克利斯，3. 1. 22）

　　波里克利斯所言。娶了美麗的公主賽伊薩為妻，但是卻在航海中死去，因而感到悲嘆。

401

O the gods!

When shall we see again?

啊！天神！我們什麼時候才可以再見？

（辛白林，1. 1. 123）

　　伊慕貞和丈夫波斯邱默斯別離時所言。波斯邱默斯因觸怒辛白林國王而遭放逐。在朱麗葉的話詞中，有"O, think'st thou we shall ever meet again?"（啊！你想我們還會不會再見面的日子）這麼一句。

402

On her left breast

A mole cinque-spotted, like the crimson drops

I' the bottom of a cowslip.

在她左胸有一顆五點形的斑點，像是野櫻草的花心中的紅斑一樣。

（辛白林，2. 2. 37）

　　惡棍義阿基摩見到伊慕貞的睡姿所言。頗令人有印象鮮明之感。他動歪腦筋，將自己藏身於皮箱之中，得以運入伊慕貞的臥室。

403

Hark, hark! the lark at heaven's gate sings,

And Phoebus 'gins arise.

聽！聽！雲雀在天門歌唱，太陽開始上升。

（辛白林，2. 3. 21）

　　單戀伊慕貞的克勞頓，命令樂師在她的臥房窗戶下歌唱的晨歌之最初二行。"Hark"和"lark"押韻"gins arise"＝開始上升，又，這首歌是配上舒伯特所做的曲子。

404

Pisanio. O gracious lady,

    Since I received command to do this business

    I have not slept one wink.

Imogen. Do't, and to bed then.

皮薩尼歐：啊！夫人！自從奉命做這件事情以後，我就沒有
　　　　闔眼睡覺過。

伊慕貞：快點做了，然後去睡。

（辛白林，3. 4. 103）

波斯邱默斯中了惡棍義阿基摩的計謀，而相信妻子不貞，命令僕
人皮薩尼歐去殺害伊慕貞。伊慕貞的應對十分有趣。

405

Great griefs, I see, medicine the less.

沈痛的悲苦，我想，是可以治療較輕微的悲苦。

（辛白林，4. 2. 243）

白雷利亞斯所言。留意"great"和"grief"押頭韻。

406

Fear no more the heat o' the sun,

Nor the furious winter's rages;

Thou thy worldly task has done,

Home art gone, and ta'en thy wages:

Golden lads and girls all must,

As chimney-sweepers, come to dust.

不要再怕驕陽的熱氣，也不要再怕嚴冬的冽寒。你在人世間的工作已經完畢，回家吧！已遠離了回家的路。富貴人家的少爺姑娘，和窮人一樣地歸於塵土。

（辛白林，4. 2. 258）

吉地利阿斯和亞維雷格斯兩兄弟為伊慕貞所唱的葬歌的第一節。事實上，伊慕貞是喝了藥而成假死狀態。又，這兩兄弟而後得知他們真的是伊慕貞的親生兄弟。譯文"taen wages"（領了報酬）和"as chimmey-sweepers"（如煙囪清潔夫一般）無法譯出。又，此首歌亦有出現在維吉尼亞·烏魯夫的「泰勒威夫人」之中。

407

He that sleeps feels not the toothache.

睡覺的人不會感覺牙痛。

（辛白林，5. 4. 178）

　　獄卒所言。將「死亡」比喻成「睡覺」。在莎士比亞作品中「牙痛」出現了 5 次。

408

Hang there like fruit, my soul,

Till the tree die!

我的靈魂啊！像果實一般掛在那裏吧！直到這株樹木枯萎！

（辛白林，5. 5. 263）

　　邱默斯為經長久分離又再度相逢的妻子伊慕貞擁抱時，不禁脫口說出了這句話。

409

Pardon's the word to all.

赦免一切犯人。

（辛白林，5. 5. 422）

　　辛白林所言。赦免所有的人，甚至連惡棍義阿基摩也被赦免。壞人使好人滅亡，也使自己毀滅。這就是莎士比亞的悲劇。壞人覺悟懺悔，好人則寬洪大量赦免其罪惡。此為莎士比亞後期的作品，所謂的羅曼史的戲劇世界。

410

We were . . .

Two lads that thought there was no more behind

But such a day to-morrow as to-day,

And to be boy eternal.

我們…那時並沒有想到未來那般遙遠的事，以為明天就跟今天一樣，我們永遠是個孩子。

（冬天的故事，1. 2. 62）

　　波力克希尼斯向赫米溫妮　述她的丈夫里昂提斯和自己孩提時代的事。這開朗而天真無邪的描述與其後聽了兩人的談話而嫉妒叢生的里昂提斯那陰鬱的臉，可作為諷刺性的對照。

411

A sad tale's best for winter.

冬天最好講悲傷的故事。

（冬天的故事，2. 1. 24）

　　少年邁密勒斯向母親赫米溫妮所說的話。他為母親被父親里昂提斯懷疑其貞節，而感到悲傷致死。此齣戲劇的命題即自此而來。

412

The silence often of pure innocence
Persuades when speaking fails.

當生花妙舌無用時，無言的純潔的天真，往往比說話更能打動人心。

（冬天的故事，2. 2. 41）

　　寶麗娜所言。意指看到了孩子的臉，里昂提斯對妻子的怒氣也會緩和下來。

413

I am a feather for each wind that blows.

我是一片什麼風都可以把我吹動的羽毛。

（冬天的故事，2. 3. 153）

里昂提斯見到妻子所生的嬰兒，愈發對妻子的不貞而感到心煩。

414

What's gone and what's past help
Should be past grief.

已經過去而無能為力的事，悲傷也是沒有用的。

（冬天的故事，3. 2. 223）

寶麗娜對聽到妻子的死訊而悲慟的里昂提斯所言。

415

I would there were no age between sixteen and three-and-twenty.

我希望十六歲和二十三歲之間沒有別的年齡。

（冬天的故事，3. 3. 59）

牧羊人所言。為什麼呢？他說，在這年紀裏，所發生的事，不過是叫女孩們生養孩子，對長輩任意侮辱，偷東西，打架等。其限定在

十六和二十三之間，頗令人覺得趣味。

416

The selfsame sun that shines upon his court

Hides not his visage from our cottage, but

Looks on alike.

同一個太陽照著他的宮殿，也未曾避過了我們的草屋。

（冬天的故事，4.4.454）

　　為牧羊人撫養長大的潘狄塔，在說有關她的愛人弗羅利澤的父親——波希米亞王國的波力克希尼斯國王之事。而她確實是一位公主。

417

How blessed are we that are not simple men!

不是傻瓜的我們，真幸福！

（冬天的故事，4.4.772）

　　唱著小曲而到處做小生意，又兼扒手的愉快的小惡徒奧托里古斯所言。"simple"＝傻。

418

Your tale, sir, would cure deafness.

你的故事可以治好耳聾。

（冬天的故事，1. 2. 106）

　　米蘭達聽到父親所說的事蹟感到驚奇而所說的話。「治好耳聾」
頗有趣。

419

Full fathom five thy father lies;

Of his bones are coral made;

Those are pearls that were his eyes:

Nothing of him that doth fade

But doth suffer a sea-change

Into something rich and strange.

我的父親沈睡在五英噚深處；

他的骨頭變成了白珊瑚；

他的眼睛成了珍珠；

他渾身沒有一點朽腐，

只是受了海水的沖洗，

成為富麗奇珍的東西。

（暴風雨，1. 2. 396）

　　精靈愛麗所唱的歌。留意"fall"、"fathom"、"five"和"father"的頭韻。腳韻的嘗試頗有趣。又，劇作家、文藝批評家艾略特所著的「荒地」中的第一部「死人的埋葬」裏，有出現"Those are pearls…"的句子。

420

At the first sight

They have changed eyes.

初次見面他們就四目交接

（暴風雨，1. 2. 440）

　　普羅斯帕洛羅說米蘭達和費迪南兩人「love at the first sight」（一見鍾情）。Changed=exchanged

421

Look, he's winding up the watch of his wit; by and by it will

strike.

瞧！他正在替他的機智的鐘上緊發條呢！不久就要響了。

（暴風雨，2. 1. 12）

西巴斯狄亞所言。"the watch of his wit" 頗有趣。

422

We are such stuff

As dreams are made on, and our little life

Is rounded with a sleep.

我們的本質原來也和夢的是一樣的。

我們短促的一生也是在睡眠中完成的。

（暴風雨，4. 1. 156）

普羅斯帕洛羅所言。莎士比亞將人生比喻成戲、比喻成旅程、最後比喻成夢境。（見 114，272，297）

423

O, wonder!

How many goodly creatures are there here!

How beauteous mankind is! O brave new world,

That has such people in't!

啊！奇妙呀！這裏怎麼有這麼多的好人！人類是多麼美！

啊！新奇的新世界，有這樣的人住在裏面。

（暴風雨，5. 1. 181）

　　米蘭達所言。至今只見過年老的父親及精靈的她，真到腓迪南等那麼多的人，感嘆而所說的話。Brave New World 是為哈克斯雷的反烏托邦的小說書名，帶有諷刺性的含意。`brave`=好的。參照哈姆雷特的話。（見 177）

424

I would not be a queen

For all the world.

即使送給我整個世界，我也不願作王后。

（亨利八世，2. 3. 45）

　　安所說的話。雖然她往後真的成為一位王后。

莎士比亞經典名句

425

Heaven is above all yet; there sits a judge

That no king can corrupt.

大家的頭頂上還有天呢！在那裏有一位非國王所能賄買的裁判者。

（亨利八世，3. 1. 100）

凱薩琳王后所言，感嘆自己為國王所疏遠的不幸。

426

I feel within me

A peace above all earthly dignities,

A still and quiet conscience.

我在內心深處感到一種超過一切世間榮華的和平，一種寧靜的感覺。

（亨利八世，3. 2. 378）

因觸怒國王，而沒落的烏爾西所言。

427

Men's evil manners live in brass; their virtues

We write in water.

人們的惡行永銘於銅匾上，而他們的美德善行，我們卻寫在

水上。

（亨利八世，4. 2. 45）

　　格里菲茲向凱薩琳　述烏爾西之死時所言。又，在濟慈的墓碑銘

中，有"Here lies one whose name was write in water?"（那名字被寫在

水上的人，安眠於此）。

428

Shall I compare thee to a summer's day?

Thou art more lovely and more temperate.

我怎麼能夠把你來比作夏天？

你不但比它漂亮可愛，也比它溫婉。

（十四行詩，18. 1）

　　詩人讚美，歌詠年輕的友人。

莎士比亞經典名句

429

Roses have thorns, and silver fountain mud;

Clouds and eclipses stain both moon and sun,

And loathsome canker lives in sweetest bud.

玫瑰花有刺、銀色的泉水有爛泥，

烏雲和蝕把太陽和月亮玷污，

可惡的毛蟲把香美的嫩蕊盤據了。

（十四行詩，35.2）

詩人寬許所愛慕的友人之缺點而歌詠。"mud"和"bud"押韻。

430

Lilies that fester smell far worse than weeds.

腐爛的百合花比野草更臭得令人難受。

（十四行詩，94.14）

詩人因對疏遠自己的美麗友人懷恨在心而歌。而「雖腐臭了，但它仍是鯛魚」是為相反之意。

莎士比亞一生傳奇

早年

　　威廉·莎士比亞父親叫約翰·莎士比亞，是一個殷實的皮手套商人和市參議員，祖籍斯尼特菲爾德，母親瑪麗·阿登是一個富裕的地主的女兒。莎士比亞於 1564 年 4 月 23 日出生於英格蘭沃里克郡雅芳河畔斯特拉特福，根據記錄，莎士比亞是在當年 4 月 26 日受洗禮。一般認為他的生日是 4 月 23 日的聖喬治日。這個日期是一位 18 世紀學者的失誤，被證明只是為了有吸引力，因為莎士比亞於 1616 年的 4 月 23 日去世。他在家裡的八個孩子中排行第三，也是存活下來兒子中最年長的一個。

　　儘管沒有保存下來的出席記錄，大部分傳記作者認同莎士比亞在雅芳河畔斯特拉特福的國王學校接受了教育，這是一所成立於 1553 年的免費學校，距離他家四分之一英里。伊莉莎白時代的初級中學質量參差不齊，但是整個英格蘭的課程設置由法律規定，並且學校提供拉丁語和古典文學的強化教育。18 歲的時候，莎士比亞與 26 歲的安妮·海瑟薇結婚，伍斯特主教教區的宗教法院於 1582 年 11 月 27 日

簽發了結婚證書。次日兩位海瑟薇的鄰居擔保婚姻沒有任何障礙。這對新人可能很匆忙地安排了儀式，因為伍斯特法官允許結婚預告只宣告了一次，而通常是三次。海瑟薇當時已經懷上了莎士比亞的孩子可能是匆忙的原因。結婚 6 個月後，女兒蘇珊娜降生，於 1583 年 5 月 25 日接受洗禮。兩年後，他的龍鳳雙胞胎兒子哈姆內特和女兒朱迪思在 1585 年 2 月 2 日受洗禮。

在雙胞胎出生後，關於莎士比亞的歷史記錄非常少，直到他在 1592 年代出現在倫敦的劇團中。由於這段時間的缺失，一些學者把 1585 年到 1592 年稱作莎士比亞「行蹤成謎的歲月」（lost years）。

．莎士比亞出生的房子，現改建為紀念館

莎士比亞一生傳奇

傳記作者試圖說明他這段時期的經歷，描述了很多虛構的故事。18世紀的故事版本為莎士比亞成為倫敦的劇院合夥人從而開始他的戲劇生涯。約翰·奧布里則將莎士比亞描述為一個鄉村校長。一些 20 世紀的學者提出莎士比亞可能被蘭開夏郡的亞歷山大·霍頓僱用為校長，霍頓是一位信仰天主教的地主，在他的遺囑中提到了某一位「威廉·莎士比亞」。沒有證據證實這些故事與他逝世後的一些謠傳有什麼不同。

倫敦和劇團生涯

關於莎士比亞開始創作的具體時間依舊是個謎，但是同一時期演出的線索和記錄顯示，到 1592 年為止，倫敦舞台已經表演了他的幾部劇作。那時他在倫敦已很有知名度，劇作家羅伯特·格林寫文章攻擊他：

……那裡有一隻用我們的羽毛美化了傲慢自負的烏鴉，他的「表演者的外表裡面裹著一顆老虎的心」，自以為有足夠的能力像你們中間最優秀者一樣善於襯墊出一行無韻詩；而且他是個什麼都幹的打雜工，自負地認為是全國唯一的「搖撼舞台者」。

　　學者對這些評論的確切意思有不同意見，不過大部分同意格林在取笑莎士比亞努力與接受過大學教育的作家如克里斯托夫・馬洛、托馬斯・納什和格林自己相提並論，取得高於自己應有的地位。「表演者的外表裡面裹著一顆老虎的心」（Tiger's heart wrapped in a Player's hide）模仿了莎士比亞《亨利六世第三部》的台詞「女人的外表裡面裹著一顆老虎的心」（Oh, tiger's heart wrapped in a woman's hide）。而雙關語「搖撼舞台者」（Shake-scene）影射格林抨擊的對象—莎士比亞的名字—「搖動長矛者」（Shakespeare）。

　　格林的抨擊是關於莎士比亞劇院生涯的最早記錄。傳記作家認為他的生涯可能開始於 1580 年代中期到格林評論之前的任何時候。1594 年開始，莎士比亞的戲劇只在宮內大臣劇團演出，這是一家由劇作家組建的劇團，莎士比亞也是股東之一，後來成為倫敦最主要的劇團。1603 年伊莉莎白一世逝世後，新國王詹姆士一世授予劇團皇家標誌，並改名為國王劇團。

　　1599 年，劇團的一個合夥人在泰晤士河南岸建造了他們自己的劇院—環球劇場。

・重建的倫敦環球劇場

莎士比亞一生傳奇

1608 年，黑衣修士劇院也被他們接管。莎士比亞的財產購買和投資記錄表明劇團使他變得富有。1597 年，他買入了雅芳河畔斯特拉特福第二大房子；1605 年，他在雅芳河畔斯特拉特福投資了教區什一稅的一部分。

1594 年開始，莎士比亞的一些劇本以四開本出版。到 1598 年，他的名字已經成為賣點並開始出現在扉頁。莎士比亞成為一個成功的劇作家後繼續在他自己和別人的劇作裡表演。1616 年出版的本·瓊森劇作集中的演員表裡就有莎士比亞的名字，如 1598 年的《個性互異》和 1603 年的《西姜努斯》。他的名字沒有出現在瓊森 1605 年《福爾蓬奈》的演員表中，一些學者認為這是他演員生涯接近盡頭的跡象。然而，1623 年出版的莎士比亞劇作合集《第一對開本》中將莎士比亞列為所有劇作的主要演員之一，其中部分劇作在《福爾蓬奈》後第一次上演，儘管我們無法確認他具體扮演了那些角色。1610 年，赫里福德的約翰·戴維斯寫到他扮演君主類角色。1709 年，羅延續了傳統觀點，認為莎士比亞扮演了哈姆雷特父親的靈魂。後來的傳統觀點認為他還飾演了《皆大歡喜》裡的亞當（Adam）和《亨利五世》裡的蕭呂斯（Chorus），然而很多學者懷疑這些資料的來源是否可靠。

莎士比亞把一半時間花在倫敦，另一半花在雅芳河畔斯特拉特

福。1596 年，在他家鄉購入新房子之前的一年，莎士比亞住在泰晤士河的北岸聖海倫郊區。1599 年，他搬到了河的南岸，同年劇團在那裡建造了環球劇場。1604 年，他再度搬到了河的北岸聖保羅座堂北面一個有很多高檔房子的區域。他從一個名叫克里斯托夫·芒喬伊（Christopher Mountjoy）的人那裡租房子住，芒喬伊是法國雨格諾派，製作女士假髮和其他頭飾。

晚年和逝世

1606 年到 07 年以後，莎士比亞創作的劇本較少，1613 年之後沒有新的作品問世。他的最後三部劇作很有可能與約翰·弗萊切合作完成，弗萊徹在莎士比亞之後成為國王劇團的主劇作家。

羅是第一個根據傳統認為莎士比亞在他逝世前幾年退休回到雅芳河畔斯特拉特福的傳記作家，但是停止所有的工作在那個時代並不多見，並且莎士比亞繼續去倫敦。

1612 年，他被法庭傳喚，作為芒喬伊女兒瑪麗婚姻財產契約官司的證人。1613 年 3 月，他購入了黑衣修士修道院的一個司閣室，從 1614 年 11 月開始，他在倫敦和女婿約翰·霍爾（John Hall）一起待了幾個星期。

1616 年 4 月 23 日，莎士比亞逝世，留下了妻子和兩個女兒。大

女兒蘇珊娜和內科醫生約翰・霍爾於 1607 年結婚，二女兒朱迪思在莎士比亞逝世前兩個月嫁給了酒商托馬斯・基內爾（Thomas Quiney）。

在遺囑中，莎士比亞將他大量地產的大部分留給了大女兒蘇珊

・莎士比亞之墓

娜。條款指定她將財產原封不動地傳給「她的第一個兒子」。基內爾一家有三個孩子，都在沒有結婚前就去世了。霍爾一家有一個孩子—伊莉莎白，她嫁了兩次，但是 1670 年去世的時候沒有留下一個孩子，莎士比亞的直系後代到此為止。莎士比亞的遺囑中提到他妻子安妮的地方很少，她很可能自動繼承了他三分之一的財產。然而他特意提及一點，將「我第二好的床」留給她，這個遺贈物導致了很多猜想。一些學者認為這個遺物是對安妮的一種侮辱，而另一些則相信這個第二好的床曾經是婚床，因此紀念意義重大。

逝世兩天後，莎士比亞被埋葬在雅芳河畔斯特拉特福聖特里尼蒂教堂的高壇。1623 年之前的某個時候，一座紀念墓碑和他的半身肖像被豎立在北牆上，肖像雕刻了莎士比亞正在創作的樣子。碑文中將他與希臘神話中的內斯特、古希臘哲學家蘇格拉底和古羅馬詩人維吉爾相提並論。一塊石板覆蓋在他的墓碑上，目的是為了消除移動他的屍骨而帶來的詛咒。

劇作

莎士比亞的創作生涯通常被分成四個階段。到 1590 年代中期之前，他主要創作喜劇，其風格受羅馬和義大利影響，同時按照流行的編年史傳統創作歷史劇。他的第二個階段開始於大約 1595 年的悲劇

《羅密歐與朱麗葉》，結束於 1599 年的悲劇《凱撒大帝》。在這段時期，他創作了他最著名的喜劇和歷史劇。從大約 1600 年到大約 1608 年為他的「悲劇時期」，莎士比亞創作以悲劇為主。從大約 1608 年到 1613 年，他主要創作悲喜劇，被稱為莎士比亞晚期傳奇劇。

　　最早的流傳下來的莎士比亞作品是《理查三世》和《亨利六世》三部曲，創作於 1590 年代早期，當時歷史劇風靡一時。然而，莎士比亞的作品很難確定創作時期，原文的分析研究表明《泰特斯·安特

· 威廉·布萊克描繪的《仲夏夜之夢》，大約創作於 1786 年

莎士比亞一生傳奇

洛尼克斯》、《錯中錯》、《馴悍記》和《維洛那二紳士》可能也是莎士比亞早期作品。他的第一部歷史劇，從拉斐爾·霍林斯赫德1587 年版本的《英格蘭、蘇格蘭和愛爾蘭編年史》中汲取很多素材，將腐敗統治的破壞性結果戲劇化，並被解釋為都鐸王朝起源的證明。它們的構成受其他伊莉莎白時期劇作家的作品影響，尤其是托馬斯·基德和克里斯托夫·馬洛，還受到中世紀戲劇的傳統和塞內卡劇作的影響。《錯中錯》也是基於傳統故事，但是沒有找到《馴悍記》的來源，儘管這部作品的名稱和另一個根據民間傳說改編的劇本名字一樣。如同《維洛那二紳士》中兩位好朋友贊同強姦一樣，《馴悍記》的故事中男子培養女子的獨立精神有時候使現代的評論家和導演陷入困惑。

　　莎士比亞早期古典和義大利風格的喜劇，包含了緊湊的情節和精確的喜劇順序，在 1590 時代中期後轉向他成功的浪漫喜劇風格。《仲夏夜之夢》是浪漫、仙女魔力、不過分誇張滑稽的綜合。他的下一部戲劇，同樣浪漫的《威尼斯商人》，描繪了報復心重的放高利貸的猶太商人夏洛克，反映了伊莉莎白時期觀念，但是現代的觀眾可能會感受到種族主義觀點。《無事生非》的風趣和俏皮、《皆大歡喜》中迷人的鄉村風光、《第十二夜》生動的狂歡者構成了莎士比亞經典的喜劇系列。在幾乎完全是用詩體寫成的歡快的《理查二世》之後，

1590 年代後期莎士比亞將散文喜劇引入到歷史劇《亨利四世第一部》、第二部和《亨利五世》中。他筆下的角色變得更複雜和細膩，他可以自如地在幽默和嚴肅的場景間切換，詩歌和散文中跳躍，來完成他敘述性的各種成熟作品。這段時期的創作開始和結束於兩個悲劇：《羅密歐與朱麗葉》是一部著名的浪漫悲劇，描繪了性慾躁動的青春期、愛情和死亡；《凱撒大帝》基於 1579 年托馬斯·諾斯改編的羅馬時代的希臘作家普魯塔克作品《傳記集》（Parallel Lives），創造了一種戲劇的新形式。莎士比亞的研究學者詹姆斯·夏皮羅認為，在《凱撒大帝》中，各種政治、人物、本性、事件的線索，甚至莎士比亞自己創作過程時的想法，交織在一起互相滲透。

　　大約 1600 年到 1608 年期間是莎士比亞的「悲劇時期」，儘管這段時期他還創作了一些「問題劇」（Problem plays）如《一報還一報》、《特洛伊羅斯與克瑞西達》和《終成眷屬》。很多評論家認為莎士比亞偉大的悲劇作品代表了他的藝術高峰。第一位英雄當屬哈姆雷特王子，可能是莎士比亞創作的角色中被談論最多的一個，尤其是那段著名的獨白—「生存還是毀滅，這是一個值得考慮的問題」（To be or not to be; t h a t i s t h e question）。和內向的哈姆雷特不同（其致命的錯誤是猶豫不決），接下來的悲劇英雄們奧賽羅和李爾王，失敗的原因是做決定時犯下輕率的錯誤。莎士比亞悲劇的情節通常結合

莎士比亞一生傳奇

了這類致命的錯誤和缺點，破壞了原有的計劃並毀滅了英雄和英雄的愛人們。在《奧賽羅》中，壞蛋埃古挑起了奧賽羅的性妒忌，導致他殺死了深愛他的無辜的妻子。在《李爾王》中，老國王放棄了他的權利，從而犯下了悲劇性的錯誤，導致他女兒的被害以及格洛思特公爵遭受酷刑並失明。劇評家弗蘭克‧克莫德認為，「劇本既沒有表現良好的人物，也沒有使觀眾從酷刑中解脫出來。」《馬克白》是莎士比亞最短最緊湊的悲劇，無法控制的野心刺激著馬克白和他的太太馬克白夫人，謀殺了正直的國王，並篡奪了王位，直到他們的罪行反過來毀滅了他們自己。在這個劇本中，莎士比亞在悲劇的架構中加入了超自然的元素。他最後的主要悲劇《安東尼與克麗奧佩托拉》和《科利奧蘭納斯》，包括了部分莎士比亞最好的詩作，被詩人和評論家托馬斯‧斯特恩

‧理察‧維斯托爾創作的《凱撒大帝》中的油畫，凱撒的鬼魂出現來告知布魯特斯的命運，作於1802年

斯・艾略特認為是莎士比亞最成功的悲劇。

在他最後的創作時期，莎士比亞轉向傳奇劇，又稱為悲喜劇。這期間主要有三部戲劇作品：《辛白林》、《冬天的故事》和《暴風雨》，還有與別人合作的《泰爾親王佩力克爾斯》。這四部作品與悲劇相比沒有那麼陰鬱，和 1590 年代的喜劇相比更嚴肅一些，最後以對潛在的悲劇錯誤的和解與寬恕結束。一些評論家注意到了語氣的變化，將它作為莎士比亞更祥和的人生觀的證據，但是這可能僅僅反映了當時戲劇流行風格而已。莎士比亞還與他人合作了另外兩部作品《亨利八世》和《兩個貴族親戚》，極有可能是與約翰・弗萊切共同完成。

演出

目前尚未確定莎士比亞早期的劇作是為哪家劇團創作的。1594年出版的《泰特斯・安特洛尼克斯》的扉頁上顯示這部作品曾被 3 個不同的劇團演出過。在 1592 年到 1593 年黑死病肆虐後，莎士比亞的劇作由他自己所在的劇團公司在「劇場」（The Theatre）和泰晤士河北岸的「幕帷劇院」（Curtain Theatre）表演。倫敦人蜂擁到那裡觀看《亨利四世》的第一部分。當劇團和劇院的地主發生爭議後，他們拆除了原來的劇院，用木料建造環球劇場，這是第一個由演員為演員

建造的劇場，位於泰晤士河南岸。環球劇場於 1599 年秋天開放，
《凱撒大帝》是第一部上演的劇作。

　　大部分莎士比亞 1599 年之後的成功作品是為環球劇場創作的，
包括《哈姆雷特》、《馬克白》、《奧賽羅》和《李爾王》。1603
年，當宮內大臣劇團改名為國王劇團後，劇團和新國王詹姆士一世建
立了特殊的關係。儘管表演記錄並不完整，從 1604 年 11 月 1 日到
1605 年 10 月 31 日之間國王劇團在宮廷中共表演了莎士比亞的 7 部
戲劇，其中《威尼斯商人》表演了兩次。1608 年之後，他們冬天在
室內的黑衣修士劇院演出，夏天在環球劇場演出。室內劇場充滿詹姆
士一世時代的風格，裝飾得非常華麗，使莎士比亞可以引入更精美的
舞台設備。例如，在《辛白林》中，「朱庇特在雷電中騎鷹下降，擲
出霹靂一響；眾鬼魂跪伏。」

·喬治·道描繪的《辛白林》場景，
作於 1809 年

莎士比亞所在劇團的演員包括
著名的理察·伯比奇、威廉·肯
普、亨利·康德爾和約翰·赫明
斯。伯比奇出演了很多部莎士比亞
劇本首演時的主角，包括《理查三
世》、《哈姆雷特》、《奧賽羅》
和《李爾王》。受觀眾歡迎的喜劇

演員威廉·肯普在《羅密歐和朱麗葉》中扮演僕人彼得，在《無事生非》中扮演多貝里，他還扮演了其他角色。16 世紀末期，他被羅伯特·阿明取代，後者飾演了《皆大歡喜》和《李爾王》裡的弄臣角色。1613 年，作家亨利·沃頓認為《亨利八世》「描述了很多非常壯觀的儀式場景」。然而 6 月 29 日，該劇在環球劇場上演的時候，大炮點燃了屋頂，劇場被焚毀，這是莎士比亞戲劇時代罕見的被準確記錄的事件。

版本

　　1623 年，莎士比亞在國王劇團的兩個好朋友約翰·赫明斯和亨利·康德爾，出版了莎士比亞劇作合集《第一對開本》。該書一共包含 36 部莎士比亞作品，其中 18 部為首次出版。其中很多作品之前已經以四開本的形式出版。沒有證據表明莎士比亞認可這些版本，正如《第一對開本》中描述的那樣為「剽竊和鬼祟的複製品」。英國傳記作家艾爾弗雷德·波拉德稱其中的一部分為「糟糕的四開本」（bad quarto），因為它們是被改編、改寫或篡改的文字，很多地方根據記憶重新寫成。因此同一個劇本有多個版本，並且互不相同。這些差異可能來源於複製或印刷錯誤、演員或觀眾的筆記、以及莎士比亞自己的草稿。另外有些情形，如《哈姆雷特》、《特洛伊羅斯與克瑞西

·1623 年出版的《第一對開本》扉頁，版畫像為馬丁·德魯肖特創作。

達》和《奧賽·羅》，莎士比亞在四開本和對開本中間修訂了文字。《李爾王》的對開本和 1608 年出版的四開本差別很大，以至於牛津莎士比亞出版社將兩個版本都出版，因為它們不能沒有歧義地合併成一個版本。

詩

1593 年到 1594 年，由於劇院因為瘟疫而關閉，莎士比亞出版了兩首性愛主題的敘事詩：《維納斯和阿多尼斯》

和《魯克麗絲失貞記》，他將它們獻給南安普敦伯爵，亨利·賴奧思利。在《維納斯和阿多尼斯》中，無辜的阿多尼斯拒絕了維納斯的性要求，而《魯克麗絲失貞記》中，貞潔的妻子魯克麗絲被好色的塔昆強暴。受奧維德的《變形記》影響，詩表現了起源於慾望的罪行和道德的困惑。

這兩首詩都很受歡迎，在莎士比亞在世時重印多次。第三首敘事詩為《愛人的怨訴》，講述了一個年輕女子悔恨被一個求婚者誘姦，

收錄在 1609 年出版的《十四行詩》第一版中。大部分學者現在接受《愛人的怨訴》為莎士比亞創作的觀點。評論家認為這首詩優秀的品質被沉重的結果所損傷。《鳳凰和斑鳩》哀悼傳說的不死鳥和愛人忠誠的斑鳩之死。1599 年，兩首早期的 14 行詩作品第 138 和作品第 144 收錄在《熱情的朝聖者》中，此書印有莎士比亞的名字，但是沒有得到他的許可。

十四行詩

1609 年，莎士比亞發表了《十四行詩》，這是他最後一部出版的非戲劇類著作。學者無法確認 154 首十四行詩每一首的完成時間，但是有證據表明莎士比亞在整個創作生涯中為一位私人讀者創作了這些十四行詩。更早的時候，兩首未經許可的十四行詩出現在 1599 年出版的《熱情的朝聖者》。英國作家弗朗西斯·米爾斯曾在 1598 年提到「在親密朋友當中流傳的甜美的十四行詩」。少數分析家認為出版的合集是根據莎士比亞有意設置的順序。看起來他計劃了兩個相對的系列：一個是關於一位已婚皮膚黝黑女子的不可控制的慾望；另一個是關於一位白皙的年輕男子純潔的愛。如今仍不清楚是否這些人物代表了真實的人，也不清楚是否詩中的「我」代表了莎士比亞自己，儘管英國詩人威廉·華茲華斯認為在這些十四行詩中「莎士比亞敞開

了他的心」。1609 年的版本是獻給一位「W.H.先生」，獻詞稱他為這些詩的「唯一的促成者」（theonly begetter）。獻詞究竟是莎士比亞自己寫的還是出版商托馬斯‧索普所加目前仍是一個謎，索普的名字縮寫出現在題獻頁的末尾。儘管有大量學術研究，誰是「W.H.先生」先生也依舊不為人知，甚至連莎士比亞是否授權出版該書也不清楚。評論家讚美《十四行詩》是愛、性慾、生殖、死亡和時間的本性的深刻思索。

風格

莎士比亞最早的劇作是以當時常見的風格寫成。他採用標準的語言書寫，常常不能根據角色和劇情的需要而自然釋放。詩文由擴展而定，有時含有精心的隱喻和巧妙構思，語言通常是華麗的，適合演員高聲朗讀而不是說話。

一些評論家的觀點認為，《泰特斯‧安特洛尼克斯》中莊重的演說詞，經常阻礙了情節；《維洛那二紳士》的台詞被評論為做作不自然。

很快莎士比亞從傳統風格轉向他自己的特點。《理查三世》開幕時的獨白開創了中世紀戲劇中的邪惡角色。同時，理查生動的充滿自我意識的獨白延續到莎士比亞成熟期劇作中的自言自語。沒有單獨一

個劇本標誌著從傳統風格到自由風格的轉換，莎士比亞的整個寫作生涯中綜合了這兩種風格，《羅密歐與朱麗葉》可能是這種混合風格最好的詮釋。到 1590 年代中期創作《羅密歐和朱麗葉》、

《理查二世》和《仲夏夜之夢》時期，莎士比亞開始用更自然的文字寫作。他漸漸將他的隱喻和象徵轉為劇情發展的需要。

莎士比亞慣用的詩的形式是無韻詩，同時結合抑揚格五音步。實

·約翰·亨利希·菲斯利描繪的哈姆雷特和他父親的靈魂，大約創作於 1780～1785 年

莎士比亞一生傳奇

際上，這意味著他的詩通常是不押韻的，每行有 10 個音節，在朗讀時每第二個音節為重音。他早期作品的無韻詩和後期作品有很大區別。詩句經常很優美，但是句子傾向於開始、停頓、並結束在行尾，這樣有可能導致枯燥。當莎士比亞精通傳統的無韻詩後，他開始打斷和改變規律。這項技巧在《凱撒大帝》和《哈姆雷特》等劇本的詩文中釋放出新的力量和靈活性。例如，在《哈姆雷特》第五場第二幕中，莎士比亞用它來表現哈姆雷特思維的混亂：

英文劇本原文

Sir, in my heart there was a kind of fighting

That would not let me sleep. Methought I lay

Worse than the mutines in the bilboes. Rashly—

And prais'd be rashness for it—let us know

Our indiscretion sometimes serves us well...

中文翻譯

先生，那夜，我因胸中納悶，無法入睡，折騰得比那銬了腳鐐的叛變水手還更難過；

那時，我就衝動的—

好在有那一時之念，因為有時我們在無意中所做的事能夠圓滿……

　　《哈姆雷特》之後，莎士比亞的文風變化更多，尤其是後期悲劇中更富有感情的段落。英國文學評論家安德魯‧塞西爾‧布拉德利將這種風格描述為「更緊湊、明快、富有變化，並且在結構上比較不規則，往往錯綜複雜或者省略」。在他創作生涯後期，莎士比亞採用了很多技巧來達到這些效果，其中包括跨行連續、不規則停頓和結束、以及句子結構和長度極度變化。在《馬克白》中，語言從一個不相關的隱喻或直喻轉換到另一個，如第一場第七幕中：

英文劇本原文
was the hope drunk
Wherein you dressed yourself?

中文翻譯
難道你把自己沉浸在裡面的那種希望，只是醉後的妄想嗎？
英文劇本原文
pity, like a naked new-born babe

Striding the blast, or heaven's cherubim, hors'd

Upon the sightless couriers of the air...

中文翻譯

「憐憫」像一個赤身裸體在狂風中飄遊的嬰兒，又像一個御氣而行的天嬰……

　　完整地理解意思對聽眾是挑戰。後期的傳奇劇，情節及時而出人意料地變換，創造了一種末期的詩風，其特點是長短句互相綜合、分句排列在一起、主語和賓語倒轉、詞語省略，產生了自然的效果。

　　莎士比亞詩文的特徵和劇院實際效果有關。像那個時代所有的劇作家一樣，莎士比亞將弗朗西斯克・彼特拉克和拉斐爾・霍林斯赫德等創作的故事戲劇化。他改編了每一個情節來創造出幾個觀眾注意的中心，同時向觀眾展示儘可能多的故事片段。設計的特點保證了莎士比亞的劇作能夠被翻譯成其他語言、剪裁、寬鬆地詮釋，而不會丟失核心劇情。當莎士比亞的技巧提高後，他賦予角色更清晰和更富有變化的動機以及說話時獨一無二的風格。然而，後期的作品中他保留了前期風格的特點。在後期的傳奇劇中，他故意轉回到更虛假的風格，這種風格著重了劇院的效果。

影響

　　莎士比亞的著作對後來的戲劇和文學有持久的影響。實際上，他擴展了戲劇人物刻畫、情節敘述、語言表達和文學體裁多個方面。例如，直到《羅密歐與朱麗葉》，傳奇劇還沒有被視作悲劇值得創作的主題。獨白以前主要用於人物或場景的切換信息，但是莎士比亞用來探究人物的思想。他的作品對後來的詩歌影響重大。浪漫主義詩人試圖振興莎士比亞的詩劇，不過收效甚微。評論家喬治・斯泰納認為從柯爾律治到丁尼生所有英國的詩劇為「莎士比亞作品主題的微小變化」。

　　莎士比亞還影響了托馬斯・哈代、威廉・福克納和查爾斯・狄更斯等小說家。狄更斯的作品中有 25 部引用莎士比亞的作品。美國小說家赫爾曼・梅爾維爾的獨白很大程度上得益於莎士比亞：他的著作《白鯨記》里的亞哈船長是一個經典的悲劇英雄，含有李爾王的影子。學者們鑒定出 2 萬首音樂和莎士比亞的作品相關。其中包括朱塞佩・威爾第的兩部歌劇—《奧泰羅》和《法斯塔夫》，這兩部作品和原著相比毫不遜色。莎士比亞對很多畫家也有影響，包括浪漫主義和前拉斐爾派。威廉・布萊克的好友，瑞士浪漫主義藝術家約翰・亨利希・菲斯利，甚至將《馬克白》翻譯成德語。精神分析學家齊格蒙德・弗洛伊德在他的人性理論中引用了莎士比亞作品的心理分析，尤

其是哈姆雷特。

在莎士比亞時期，英語語法和拼寫沒有現在標準化，他對語言的運用影響了現代英語。塞繆爾‧詹森在《詹森字典》中引用莎士比亞之處比任何其他作家都多，該字典是這個領域第一本專著。短語如「with bated breath」（意為「屏息地」，出自《威尼斯商人》）和「a foregone conclusion」（意為「預料中的結局」，出自《奧賽羅》）如今已經應用到日常英語中。

‧約翰‧亨利希‧菲斯利描繪的《馬克白》場景，大約創作於1793～94 年。

評價

莎士比亞在世時從未達到推崇的地位，但是他得到了應有的讚揚。1598 年，作家弗朗西斯‧米爾斯將他從一群英國作家選出來，認為他在喜劇和悲劇兩方面均是「最佳的」。劍橋大學聖約翰學院希臘神話劇的作者們將他與傑弗里‧喬叟和埃德蒙‧斯賓塞相提並論。儘管同時代的本‧瓊森在評論蘇格蘭詩人威廉‧德拉蒙德時提到「莎

士比亞缺少藝術」，然而在《第一對開本》中的獻詩中，瓊森毫不吝嗇對莎士比亞的讚美，稱他為「時代的靈魂」，並說：

原文

Triumph, my Britain, thou hast one to show

To whom all scenes of Europe homage owe.

He was not of an age, but for all time!

中文翻譯

非凡的成就啊，我的不列顛，

你有一個值得誇耀的臣民，

全歐洲的舞台都應向他表示尊敬。

他不屬於一個時代，而是屬於所有的時代！

　　從 1660 年英國君主復辟到 17 世紀末期，古典主義風靡一時。因而，當時的評論家大部分認為莎士比亞的成就比不如約翰・弗萊切和本・瓊森。例如托馬斯・賴默批評莎士比亞將悲劇和喜劇混合在一起。

　　然而，詩人和評論家德萊頓卻對莎士比亞評價很高，在談論本・

瓊森的時候說，「我讚賞他，但是我喜歡莎士比亞。」幾十年來，賴默的觀點佔了上風，但是到了 18 世紀，評論家開始以莎士比亞自己的風格來評論他，讚頌他的天份。一系列莎士比亞著作的學術評註版本，包括 1765 年塞繆爾‧詹森版本和 1790 年埃德蒙‧馬隆版本，使他的聲譽進一步提升。到了 1800 年，他已經被冠以「民族詩人」。18 世紀和 19 世紀，他的聲望也在全球範圍傳播。擁護他的作家包括伏爾泰、歌德、司湯達和維克多‧雨果。

‧約翰‧艾佛雷特‧米萊創作的《哈姆雷特》中的歐菲莉亞，大約作於 1851～1852 年

在浪漫主義時期，莎士比亞被詩人及文評家柯爾律治稱頌，評論家奧古斯特‧威廉‧施萊格爾將莎士比亞的作品翻譯成德文版，富有德國浪漫主義精神。19 世紀，對莎士比亞才華讚賞的評論往往近似於奉承。蘇格蘭散文家托馬斯‧卡萊爾 1840 年在論及英國國王日益式

微之後，寫道：「這裡我要說，有一個英國的國王，是任何議會不能把他趕下台的，他就是莎士比亞國王！難道他不是在我們所有人之上，以君王般的尊嚴，像一面最高貴、最文雅、並且最堅定的旗幟一樣熠熠發光？他是那麼無堅可摧，並且從任何一個角度講都擁有無人可及的價值。」維多利亞時代大規模地上演了他的戲劇。劇作家和評論家蕭伯納嘲笑莎士比亞崇拜為「bardolatry」—「bardolatry」一詞由「bard」（吟遊詩人）和「idolatry」（盲目崇拜）合成，莎士比亞通常被稱為吟遊詩人，該詞意味著對莎士比亞的過分崇拜。蕭伯納認為易卜生新興的自然主義戲劇的出現使莎士比亞風格過時了。

20 世紀初期的藝術現代主義運動並沒有擯棄莎士比亞，而是將他的作品列入先鋒派。德國表現派和莫斯科未來主義者將他的劇本搬上舞台。馬克思主義劇作家和導演貝爾托・布萊希特在莎士比亞影響下設計了一座史詩劇場（Epic theater）。詩人托馬斯・斯特恩斯・艾略特反對蕭伯納的觀點，認為莎士比亞的原始性事實上使他真正的現代。艾略特和 G・威爾遜爵士以及新批評主義的一些學者，倡導了一項更深入閱讀莎士比亞作品的運動。1950 年代，新評論浪潮取代了現代主義，為莎士比亞後現代主義研究鋪平道路。到了 80 年代，莎士比亞研究是結構主義、女權主義、非洲美洲研究和酷兒研究等研究對象。

莎士比亞一生傳奇

關於莎士比亞的猜測

原作者

莎士比亞逝世大約 150 年後，關於莎士比亞作品的原作者的質疑聲逐漸開始浮現出來。提出的有可能的作者包括弗蘭西斯·培根、克里斯托夫·馬洛和愛德華·德·維爾。雖然所有這些候選人被學術圈普遍否認，然而大眾對這個主題的興趣一直延續到 21 世紀。

宗教信仰

一些學者認為莎士比亞家庭成員信仰羅馬天主教，那時羅馬天主教是違法的，莎士比亞的母親瑪麗·阿登無疑來自一個虔誠的羅馬天主教家庭。最有力的證據可能是約翰·莎士比亞簽署了一份信仰羅馬天主教的聲明，該聲明於 1757 年在亨利街的舊房子的屋頂橡架上被發現。這份文件現在已經被遺失了，然而學者對其真實性意見不一。

1591 年，當局報告約翰因「恐懼面對自己的罪惡」而不參加英國國教會的宗教活動，這也是當時羅馬天主教徒常用的藉口。1606年，莎士比亞的女兒蘇珊娜的名字被列在雅芳河畔斯特拉特福未能參加復活節宗教活動的名單中。學者在莎士比亞的戲劇中同時發現支持和反對天主教義的證據，但是事實不可能證明兩者都正確。

性傾向

關於莎士比亞性傾向的詳細資料目前所知甚少。18 歲的時候，

他娶了 26 歲已經懷孕的安‧海瑟薇。
1583 年 5 月 26 日。三個孩子中的老大
蘇珊娜在婚後 6 個月出生。然而，幾個
世紀以來，讀者指出莎士比亞的十四行
詩是他愛上一個年輕男子的證據。另一
些讀同一段詩歌的人則認為這是深厚友
誼的一種表達而不是性愛。同時，十四
行詩中作品 127 到作品 152，共計 26
首稱為「Dark Lady」的詩是寫給一位
已婚女子，被作為異性戀者的證據。

‧托馬斯‧薩利描繪的《威尼
斯商人》中的夏洛克和鮑西
亞，作於 1835 年

作品

劇作分類

　　莎士比亞的作品包括 1623 年出版的《第一對開本》中的 36 部戲
劇，以喜劇、悲劇和歷史劇分類列在下文中。歸於莎士比亞名下的作
品並不是每一個字都是他寫的，其中有一部分顯示出合作的痕跡，也
是當時普遍的一個現象。

　　有兩部作品並沒有包含在《第一對開本》中，為《兩位貴族親
戚》和《泰爾親王佩力克爾斯》，現在學者認為莎士比亞是這兩部作

品的主要貢獻者，被列入他作品名單。《第一對開本》中沒有收錄詩。

19 世紀後期，愛德華・道登將後期四部喜劇分類為莎士比亞「傳奇劇」，這個術語被經常引用，儘管很多學者認為應該稱作「悲喜劇」。這些作品和《兩位貴族親戚》在下表中加以星號（＊）註明。1896 年，弗雷德里克・博厄斯創造了術語「問題劇」（problem plays）來形容四部作品—《一報還一報》、《特洛伊羅斯與克瑞西達》、《終成眷屬》和《哈姆雷特》。「戲劇的主題單一，而氣氛很難嚴格地稱作喜劇或悲劇」，他寫道。「因此我們借用一個當今劇院的方便短語，將它們統稱為莎士比亞問題劇。」該術語引起大量爭論，有時應用到其他劇本中，如今依舊在使用，儘管通常把《哈姆雷特》歸類為悲劇。其他問題劇在下表中加以井號（＃）註明。

莎士比亞與他人合作的劇本在下表中加以匕首號（ ）註明。

中譯本

1856 年英國傳道師慕維廉（William Muirhead）在中國翻譯托馬斯・米爾納（T.Milner）《大英國志》，書中的 Shakespere 被

・威廉・霍爾曼・亨特描繪的《一報還一報》場景，作於 1850 年

翻譯成「舌克斯畢」。1902 年梁啟超率先使用「莎士比亞」這個譯名。1903 年出版的《澥外奇談》是莎士比亞作品翻譯的開始，這本書翻譯了英國傑出的散文家查爾斯蘭姆和他的姊姊瑪麗蘭姆（Charles and Mary Lamb）改編的《莎士比亞戲劇故事集》的十篇故事，《澥外奇談》在「敘例」中這樣談：「是書原係詩體。經英儒蘭卜行以散文，定名曰 Tales From Shakespere 茲選譯其最佳者十章。名以今名。」。

1904 年林紓與魏易出版了《吟邊燕語》，書上寫「原著者英國莎士比亞、翻譯者閩縣林紓仁和魏易、發行者商務印書館」。《吟邊燕語》是翻譯自蘭姆姊弟（Charles and Mary Lamb）的《莎士比亞戲劇故事集》。林紓在《吟邊燕語》序中說「夜中余閑，巍君偶舉莎士比筆記一二則，余就燈起草，積二十日書成。」其中《威尼斯商人》

被譯成《肉券》，《哈姆雷特》被譯為《鬼沼》。郭沫若說林紓翻譯的莎士比亞的戲劇故事集《吟邊燕語》「也使我感到無上的興趣，他無形之間給了我很大的影響。」林紓與陳家麟還合譯四種莎士比亞歷史劇本事：《亨利第四紀》、《雷差得紀》（《查理二世》）、《亨利第六遺事》、《凱撒遺事》等作品。

1921 年，田漢翻譯了《哈姆萊特》，是第一本莎士比亞全劇以戲劇形式譯成中文的，1924 年又翻譯了《羅密歐與朱麗葉》。朱生

豪從 1935 年開始，翻譯了三十一個劇本又半篇的未完之作，到 1944 年病逝為止。梁實秋則從 1936 年到 1969 年之間，出版了當時所知的全部莎翁作品。方平亦主編有詩體譯本《新莎士比亞全集》。

　　主要的中文譯本是散文譯法，詩體譯本也是散文詩譯法，或者是韻體詩，這些都不符合莎士比亞原著的無韻格律詩體，俞步凡首創等音節格律詩體譯法，運用等音節法忠實迻譯莎士比亞原著，無韻格律詩在漢譯上得到體現，此前所有莎譯不符合原著的問題終於獲得解決，俞譯本的第一輯於 2011 年在香港出版。

著作

分類	中文譯名	英文原名	備註
喜劇	《終成眷屬》	All's Well That Ends Well	又譯：如願#
	《皆大歡喜》	As You Like It	
	《錯中錯》	The Comedy of Errors	又譯：錯中錯喜劇、錯誤的喜劇
	《愛的徒勞》	Love's Labour's Lost	
	《一報還一報》	Measure for Measure	又譯：惡有惡報、請君入甕、量罪記、將心比心#
	《威尼斯商人》	The Merchant of Venice	
	《溫莎的風流婦人》	The Merry Wives of Windsor	
	《仲夏夜之夢》	A Midsummer Night's Dream	
	《無事生非》	Much Ado About Nothing	又譯：捕風捉影、無事自擾
	《泰爾親王佩力克爾斯》	Pericles, Prince of Tyre	又譯：沉珠記* †[a]
	《馴悍記》	The Taming of the Shrew	
	《暴風雨》	The Tempest	*
	《第十二夜》	Twelfth Night or What You Will	又譯：隨你喜歡
	《維洛那二紳士》	The Two Gentlemen of Verona	又譯：兩貴親
	《兩位貴族親戚》	The Two Noble Kinsmen	* †[b]
歷史劇	《約翰王》	King John	
	《冬天的故事》	The Winter's Tale	
	《理查二世》	Richard II	
	《亨利四世 (第一部)》	Henry IV, part 1	
	《亨利四世 (第二部)》	Henry IV, part 2	
	《亨利五世》	Henry V	
	《亨利六世 (第一部)》	Henry VI, part 1 [c]	†[c]
	《亨利六世 (第二部)》	Henry VI, part 2	
	《亨利六世 (第三部)》	Henry VI, part 3	
	《理查三世》	Richard III	
	《亨利八世》	Henry VIII	†[d]

莎士比亞一生傳奇

悲劇	《羅密歐與茱麗葉》	Romeo and Juliet	
	《科利奧蘭納斯》	Coriolanus	
	《泰特斯・安特洛尼克斯》	Titus Andronicus	†[e]
	《雅典的泰門》	Timon of Athens	又譯：黃金夢†[f]
	《凱撒大帝》	Julius Caesar	
	《馬克白》	Macbeth	†[g]
	《哈姆雷特》	Hamlet	又譯：王子復仇記
	《特洛伊羅斯與克瑞西達》	Troilus and Cressida #	
	《李爾王》	King Lear	
	《奧賽羅》	Othello	
詩	《安東尼與克麗奧佩托拉》	Antony and Cleopatra	埃及豔后
	《辛白林》	Cymbeline	又譯：還璧記*
	《十四行詩》	The Sonnets	
	《維納斯和阿多尼斯》	Venus and Adonis	
	《魯克麗絲失貞記》	The Rape of Lucrece	又譯：露克麗絲遭強暴記
	《熱情的朝聖者》	The Passionate Pilgrim	又譯：激情飄泊者 [h]
	《鳳凰和斑鳩》	The Phoenix and the Turtle	
	《愛人的怨訴》	A Lover's Complaint	又譯：情女怨失
失傳作品	《愛得其所》	Love's Labour's Won	
	《卡登尼歐》	》Cardenio	†[i]
其他疑為莎士比亞的作品	《法弗舍姆的阿爾丁》	Arden of Faversham The Birth of Merlin	
	《洛克林》	Locrine	
	《倫敦浪子》	The London Prodigal	
	《清教徒》	The Puritan The Second Maiden's Tragedy	
	《約翰・奧德卡瑟爵士》	Sir John Oldcastle	
	《克倫威爾勛爵托馬斯》	Thomas Lord Cromwell	
	《約克夏的悲劇》	A Yorkshire Tragedy	
	《愛德華三世》	Edward III	
	《托馬斯・莫爾爵士》	Sir Thomas More	

國家圖書館出版品預行編目資料

莎士比亞經典名句／林郁主編 -- 初版 --
新北市：新視野 New Vision，2018. 04
　　冊；　　公分
　　ISBN 978-986-94435-5-5（平裝）
1. 莎士比亞（Shakespeare, william, 1564-1616）　2. 格言

873.433　　　　　　　　　　　　　　107001246

莎士比亞經典名句

主　　編　林郁
出 版 人　翁天培
出　　版　新視野 New Vision
製　　作　新潮社文化事業有限公司
　　　　　電話 02-8666-5711
　　　　　傳真 02-8666-5833
　　　　　E-mail：service@xcsbook.com.tw

印前作業　菩薩蠻數位文化有限公司
印刷作業　福霖印刷有限公司

總 經 銷　聯合發行股份有限公司
　　　　　新北市新店區寶橋路 235 巷 6 弄 6 號 2F
　　　　　電話 02-2917-8022
　　　　　傳真 02-2915-6275

初　　版　2018 年 4 月